TAKE
SHOBO

薬師に転生したのは、
前世の「推し」を助けるためでした
英雄だった聖騎士が私の奴隷になるなんて

このはなさくや

Illustration
逆月酒乱

MOON DROPS

薬師に転生したのは、前世の「推し」を助けるためでした
英雄だった聖騎士が私の奴隷になるなんて

Contents

イラスト／逆月酒乱

薬師に転生したのは、前世の「推し」を助けるためでした

英雄だった聖騎士が私の奴隷になるなんて

Kusushi ni tensei shitanoha, zense no "oshi" wo tasukeru tame deshita

MOON DROPS

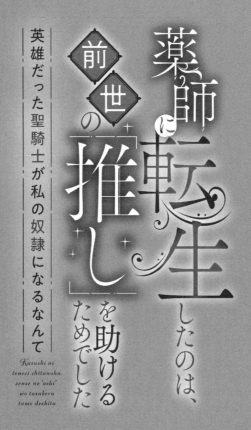

プロローグ　運命の出会い

トラキアの街にある奴隷市。その中でも特に饐《す》えた臭いが立ち込める一角に、その人はいた。

地面に力なく座り込む薄汚れた奴隷たちの中でも一際目立つ、大きな体軀《たいく》。アッシュグレーの髪は汚れであちこちが固まり、伸びっぱなしの髭《ひげ》が顔中を覆う。髭の隙間から見える顔には火傷のような引き攣《つ》れた傷痕が走り、破れた服からのぞく身体も傷のない場所を探すのが難しいほどだ。

けれどなにより目を引くのは、無残にも途中から失われた右腕だろう。

足を止めた私に気がついたのか、気怠げに顔を上げた男と一瞬視線が交わる。

輝きを失いどろりと濁った翡翠色《ジェイドグリーン》の瞳は、興味を失ったのかすぐに閉じられた。

「……私はやめておけ」

耳障りな不協和音のような、擦れた低い声。なんの感情も持たない、いっそ清々しいほどに素っ気ない言葉。

なのに、そのたった一言で全身が支配される。

襤褸《ぼろ》を纏《まと》っていても滲《にじ》み出るこの圧倒的な存在感を、いったいなんと表せばいいのだろう。

かつては整っていた相貌を歪《ゆが》める傷でさえ、目の前の男には魅力を増す小道具にすぎないのかもしれない。

私はこの人を知っている。

国一番の剣の使い手と呼ばれた誇り高き聖騎士、ルードヴィク・オルブライト。

卓越した剣技で、若くして聖騎士に選ばれた天才が。

魔物討伐の功績で子供たちの心を鷲掴《わしづか》みにした英傑が。

聖騎士の証である純白のマントをたなびかせた勇姿で、国中の乙女の胸を熱く焦がした男が。

そして――狂った竜に勇猛果敢に挑み、己の身と引き換えに危機から神子《みこ》一行を救った英雄が。

「どうしてこんなところに……」

私は頭から被ったフードの端を、ぎゅっと握りしめた。

第一章　特売品の奴隷

　オルトワ共和国辺境の街トラキア。この街で年に一度開かれる奴隷市は、訳あり品が集まることで有名だ。

　性格に難ありに病持ち、厄介な呪い持ちなど、店舗では管理の難しい不良在庫が格安で放出されるのだ。

　けれど玉石混交とはよく言ったもので、そんな訳あり品をわざわざ探しに来る酔狂な客も世の中には存在する。

　かくいう私も、その訳あり品をわざわざ探しに来た物好きの一人だった。

「お客様、奴隷をお探しで？」

　迂闊《うかつ》にも立ち止まってしまった私に声をかけてきたのは、いかにも遣り手ふうのでっぷり太った男だった。

「あの、どうしてこの人が奴隷に？」

「おお！　お客様はお目が高いですな！　この男はルードヴィクと言いまして、元騎士という経歴の持ち主です。十年ほど前に偶然にも行き倒れていたところを保護しましたが、怪我の状態が酷く、治療に高額なポーションを使用しました。その治療費の借金で奴隷となったのです」

「行き倒れて……ちなみにおいくらですか？」

「本来金貨十枚のところを本日だけの特別価格、金貨五枚となっております」

「金貨五枚⁉　そんな、だってこんなにボロボロなのに」

たしかに背は高いし恵まれた体型をしているけど、髪も髭《ひげ》もぼうぼうで、顔はもちろん身体中が引き攣《つ》れたような傷痕だらけ。しかも右腕は上腕の途中から失われているのだ。言っては悪いけど、とてもそんな価値があるようには見えない。

驚く私に、奴隷商はしたり顔で頷《うなず》いた。

「お客様、こいつはこんな見てくれですが力はあります。それになんと言っても元騎士ですからな。どんな状態でも幅広い層のお客様に需要があるのですよ」

奴隷商は脂肪の詰まった腹を揺らしながら、いかにも意味ありげに口の端をつり上げる。

この男が言う「幅広い層」とは、まっとうな客ばかりではないという意味かもしれない。よく見ればボロボロの服の下に見える皮膚には、比較的最近できたと思われる赤い傷痕が走る。

フードの奥で私が思わず顔を顰《しか》めたのに気づかず、奴隷商は嬉々《きき》として言葉を続けた。

「ですが、残念ながらこの男は不能です。モノは立派ですが性奴隷としては役に立ちませんので、その点は十分ご留意ください。まあだからこそ、ここまで値段が下がったのですがね」

「そう……ですか」

　値段が下がったとはいえ、金貨五枚といえば四人家族が三ヶ月、いや半年はゆうに暮らせる金額だ。片腕をなくした奴隷の値段としては、あまりに法外だろう。

　そもそも私はここに子供を探しにきたのだ。世の中には平気で子供を売る親が存在する。中でも労働力として役に立たない、むしろ世話が必要な年齢の子供は相場が安く、不当に扱われることが多い。そんな子供がいれば引き取ろうと、わざわざこの奴隷市まで探しにきたのに。

（理想を言えば十歳以下の女の子。大切に育てて薬師の知識を教えよう。いつかは師匠って呼ばれちゃったりして、なんて考えてたのに……）

　目の前で地面に胡座《あぐら》をかき、瞑想《めいそう》するかのように目を瞑《つぶ》る男は、もちろん十歳以下の子供でも、まして女の子でもない。気長に育てちゃったらどちらが先に老衰で死ぬかわからないし、うっかり師匠だなんて敬われたら、逆に恐れ多くて反応に困ってしまうに違いない。

（でも……私が買わなければ、この人はこれからどうなってしまうんだろう）

　私の記憶が間違いなければ、彼の名前はルードヴィク・オルブライト。

　世界を救う神子のために選ばれた聖騎士であり――ゲームの中では、神子を庇《かば》って命を散らした英雄だった。

私、フランバニエ・セトには不思議な記憶がある。かつて別の世界で、別の人間として生きていた記憶だ。

記憶の中で、私は日本という国に暮らす大人の女性だった。地方都市にある中小企業で働きながら、一人で暮らしていたことを覚えている。

そんな私が嵌《は》まっていたのが、アンストこと「Unchained story」という、恋愛シミュレーションゲームのスマホアプリだった。

ストーリーは王道だ。主人公は勉強よりは身体を動かすことが好きで、ちょっとドジなところがある女子高生「かりん」。彼女が突然異世界の神殿に召喚されるシーンから、物語は始まる。

『神子様！　どうか世界をお救いください！』

舞台は女神セレンディアが創造したとされる大陸、グレンナーダ。神殿があるセレンディア神国はグレンナーダの中心に位置する小さな国であり、魔物の脅威に晒《さら》され瘴気《しょうき》に覆われつつある世界を救うために、主人公は召喚されたのだ。

神殿に集められたのは、五つの大国から選ばれた守人《もりびと》と呼ばれるメインキャラたちだ。

光の神を讃《たた》える国の守人は、信仰心の厚い若き神官キアラン。中性的な美貌を持つ彼は女神セレンディアの加護を持ち、大地のマナと風の流れを読む力に優れている。

火の神を祖とする国の守人は、武力を誇る騎士レオン。燃えるような紅蓮《ぐれん》の髪を持つ彼は剣を得意とし、同年代の中では負け知らずの腕を持つ。

水の神を祀《まつ》る国の守人は、膨大な魔力を誇る冷静な魔術師ミストガル。常に冷静沈着な彼は、戦闘を有利に導く頭脳の持ち主だ。

木の神の名を冠する国からは、動植物を愛する心優しいエルフの王子ヤトが。常に穏やかな笑みを浮かべるこの王子は、あらゆる植物を育てると言われる緑の指の持ち主だ。

土の神を崇める国からは、褐色の肌を持つドワーフの業師のゴルドが。強靱《きょうじん》な肉体と怪力を得た彼の打つ武器は、女神セレンディアが与えた破邪の力を秘める。

かりんはこの五人のメインキャラクターとともにさまざまなイベントをこなし、最終的にはもっとも好感度の高いキャラクターと一緒に瘴気を浄化し、世界を救うのだ。

神絵師が描く流麗なスチルに人気の声優陣、加えて絶大な人気を誇る作家が初めて手がけたシナリオとあって、アンストは瞬く間に国内累計ダウンロード数一位を記録した。

ゲームの完成度ややりこみ度がすごいのはもちろん、人気の理由はなんといっても魅力的な攻略キャラクターたちの存在だろう。

ファン投票で常に一番人気だったのは俺様キャラのレオン。次点が腹黒ミストガル、美形のキアランが続く。もちろん癒し系ショタ枠のヤトや友情に篤いゴルドにも熱心な信者がいて、某イラスト投稿サイトの二次創作では、熾烈《しれつ》なカップリング争いが起きていたことを覚えている。

そんなメインキャラとは違い、ルードヴィク・オルブライトはゲームの序盤で神子たちの剣技の指導役として登場する、いわゆるサポートキャラだった。

公式サイトに載っていた彼のプロフィールは、

「セレンディア神国聖騎士団の騎士」

「卓越した剣技により若くして聖騎士になり、魔物討伐の功績から英雄と呼ばれる」

この二行だけ。

十代中頃のメインキャラたちに対し、ルードヴィクはちょっと年上の二十二歳。身体付きも現役の騎士だけあって逞《たくま》しく、身長は一九十センチ近くあるだろうか。キラキラしいメインキャラたちとは一味違う、落ち着いたアッシュグレーの髪と綺麗《きれい》な翡翠色《ジェイドグリーン》の瞳を持つ、いわゆる頼れるお兄さんのポジションだ。

ゲームの序盤、召喚されたばかりのヒロインは、かなり自己中な子供として描かれている。現役女子高生という設定上仕方ないかもしれないけど、我が儘《まま》だしすぐ落ち込むし、かと思うと突拍子もないことをやらかしたりと、プレイしているこちらがイライラしてしまうほど鈍くさい。

そんな彼女に周囲は最初、かなり辛辣な態度を取る。メインキャラたちから「役立たず」「落ちこぼれ」「ハズレの神子」なんて悪口を言われるのはまだいいほうで、モブキャラから聞くに堪えない罵詈雑言《ばりぞうごん》を陰で言われたり、嫌がらせをされたりと、ぶっちゃけなかなかひどい対応をされるのだ。

そんな中、唯一ルードヴィクだけが変わらぬ態度で神子を支え続ける。慣れない戦闘訓練についていけなかったり、あるいは周囲に馴染《なじ》めなくて孤立しそうになったりする場面で登場し、励ますのが彼の役目なのだ。

前世、私はいわゆるブラックと呼ばれる職場で働いていた。

上司や同僚からの無茶ぶりとごり押しのスケジュール。毎日深夜まで残業しても誰からも褒められず、それどころか理不尽な叱責や心当たりのない中傷をひたすら耐える日々だった。

生まれかわった今でも、時折夢でうなされることがある。

暗くて狭い部屋だ。私は硬いベッドに横になっている。明日も早い。少しでも眠って疲れをとらないといけないのに、目を瞑るとその日の出来事がフラッシュバックして眠りを妨げる。

『こんなこともできないのか』『やり直し』『役立たず』『給料泥棒』

頭の中でリフレインのように繰り返される怒声や理不尽な言葉に耐えきれず、私は救いを求めて震える手でスマホを開く。

そこには、翡翠色の瞳を優しく眇《すが》めたルードヴィクの姿があった。

『よく頑張っていますね』

『無理をしてはいけません。あなたはあなたのままでいいのです』

ゲームだから当然だし、サポートキャラだからそういう役割だってこともわかってた。

それでも画面越しに優しく励ましてくれるルードヴィクの存在は、当時の私にとって唯一の癒やしだったのだ。

でも――そのルードヴィクは、ゲーム前半の最大イベント「最初の試練」で呆気《あっけ》なく散ってしまう。

最初の試練、それは主人公と五人のメインキャラクターたちとの連携を深めるために行われる、初めての実地訓練だ。

『なんだこれは……！』

『どうして屍竜《しかばねりゅう》がこんな場所に！』

訓練で訪れた森で、突如としてそのイベントは始まる。

本来だったらこんな人里近くにいるはずのない魔物、屍竜と呼ばれる瘴気に侵された凶悪なドラゴンが現れるのだ。

『いけない！　かりん様は下がってください！』

『守人は神子様の周りを固めろ！　騎士たちは前へ！　死ぬ気で守れ‼』

現場は混乱を極める。なにも連携ができない神子と守人たちの攻撃は、まるで歯が立たないどころか、むしろ足手まといになるばかり。そんな彼らを庇うように前に出たのが、ルードヴィクだった。

『かりん様、ここは私にお任せください』

『で、でも、そしたらルードヴィクさんが！』

『騎士たちはなんとしてでもかりん様を守り抜け！　行け！』

『はっ！』

『かりん！　駄目だ、下がるんだ！　今のお前では足手まといになるだけだ！』

『やだよ！　私もちゃんと戦えるから！　浄化だってできるようになったんだから、だから待って……いやあああああああああ！』

神子一行を逃がすため、ルードヴィクは一人果敢に屍竜に挑む。そしてドラゴンブレスで身体を焼かれながらも囮《おとり》となって、屍竜もろとも崖から落ちていくシーンで画面はフェイドアウトする。

「え……？」

私が呆然《ぼうぜん》としている間に、画面はルードヴィクの葬儀に切り替わる。自分を庇って命を落としたルードヴィクに少しでも報いようと、神子たちが瘴気の浄化を固く誓うシーンで彼の出番は終わるのだ。

「嘘《うそ》、でしょう……？」

ゲームの進行上、彼の死は必要なことだったんだと思う。

言ってしまえばよくあるテンプレ的な展開だし、神子たちはこれを機に互いの認識を改め、絆を深めていくのだから。

でも、私は彼の死がどうしても信じられなかった。

これはなにかの伏線で、本当はどこかで生きているんじゃないか。

主人公の成長を促すイベントだから、いつかひょっこり戻ってくるんじゃないか。

そんな一縷《いちる》の望みをかけて、それから私はひたすらゲームをやりこんだ。何度もリセットを繰り返し、どこかに異なる分岐ルートがあるんじゃないかと、必死で探した。

それでなくても毎日残業で大変だったのに、寝る間を惜しんでゲームをやりこむとか、今にして思えば自分で盛大なフラグを立てていた気がする。

だって、それから間もないうちに、私は過労で死んでしまったのだから。

私がここがアンストと同じ世界だと気がついたのは、ほんの数年前のことだ。

ゲームと違い、現実の世界は広い。私が住むここオルトワ共和国は瘴気の被害も少なく、遠い国であるセレンディア神国の危機や神子の召喚といった出来事に、あまり関心がない。

だから、それまでもぼんやりと自分におかしな記憶があることは自覚していたけど、それが前世の知識だなんてこれっぽっちも思っていなかったし、「グレンナーダ」、「女神セレンディア」に「セレンディア神国」、「聖騎士」という言葉に聞き覚えはあっても、その理由までは気にしていなかったのだ。

そんな私の認識を変える出来事が起こったのは今から五年前、師匠であった特級薬師のユグナ婆様《ばばさま》が亡くなる前年のことだ。

「フラン、知ってるかい？　とうとう神子様一行が瘴気の浄化に成功したそうだよ」

その日、街へ薬を卸しに行っていた婆様は、帰って来るなり街で聞いたという話を嬉《うれ》しそうに教えてくれた。

「みこ？　婆様、みこってなんですか？」

「おや、フランは知らなかったかい？　神子っていうのはセレンディア神国に降臨された、瘴気を浄化してくださるありがたいお人のことだよ。たしか不思議な名前をしてたっけねえ。ええと、そうそう、カリン様だよ」

「カリン……みこ……神子のかりん……？　えっ？　もしかして異世界からセレンディアに召喚された今代の神子って、かりんっていうの？」

「よく知ってるじゃないか。数年前に救世の旅に出られたと聞いていたけど、何年もかけて世界を浄化してくださったんだねえ。本当にありがたいことだよ」

瘴気の浄化、異世界から召喚された神子、かりん、日本人、女子高生、そして――アンスト。

数々のキーワードが頭の中でグルグルと渦を巻き、パンッと弾ける。次の瞬間、膨大な量の情報が頭の中に雪崩れこんだ。

（もしかして、ここはアンストの世界なの？　つまり、私はゲームの世界に転生したってこと……？）

ここがアンストの世界だと理解したのは、この瞬間だったと思う。

でも、それと同時に私は気がついてしまったのだ。神子たちが浄化に成功したということは、つまりルードヴィクがすでに亡くなっているということで――。

「ば、婆様、今って新暦七四五年よね？　え、じゃあルードヴィクはすでに……」

「ああそうだけど、それがどうかしたかい？　おや、どうしたんだい。顔色が真っ青だよ。フラン？　ちょいとフラン！」

　その日、前世を含め二度目の推しの死によるショックで豪快に倒れた私は、それからしばらくの間、高熱で寝込む羽目になったのだ。


（ふふ、懐かしい。あの時は婆様が大慌てしてたっけ）

　思い出に浸っていた私は、改めて地面に座り込む男性に視線を移した。

　火傷のような引き攣れた皮膚で覆われた顔を見て、この人がルードヴィク・オルブライトだとわかる人はまずいないだろう。

　奴隷になってずいぶん経つのだろう。アッシュグレーの髪は泥にまみれ、宝石のような翡翠色の瞳からはすっかり輝きが失われている。精悍《せいかん》だったかつての相貌も、巨匠の手による芸術品のような筋肉で覆われていた肉体も痩せ衰え、見る影もない。しかも右腕は途中から失われているのだ。

（これがあの屍竜と対峙《たいじ》した時の怪我の痕なのかしら。あのシーンは、それこそスマホが壊れるんじゃないかってくらい見たけど……）

　聖騎士団の証である純白のマントを真っ赤な血で染め、それでも諦めず屍竜に挑んだ場面。自分の腕を犠牲にしてなお挫けず、果敢に屍竜の口に剣を突き立てた死闘。その末に屍竜とともに崖から落ちていく壮絶な最期は、涙なしには見られなかった。

（でも……生きてたんだ）

「お客様？　どうかされましたか？」

彼をじっと見つめていた私は、奴隷商の訝《いぶか》しげな視線に気がついて慌てて頭を振った。

（だからといって、私がこの人を買うなんて分不相応よ。いくら前世の推しだとしても、神子を救った英雄だとしても、いまだに腹筋がうっすら割れているとしても、それはない。自分のことだけでも手いっぱいなのに、成人男性の、しかもこんな訳ありの奴隷を買うなんて、絶対に論外だわ）

「いえ、なんでもないわ。それより、私が探してるのは子供なんだけど、ここにはいないのかしら」

私の質問に、奴隷商は納得したように頷いた。

「なるほど、お客様がお探しなのは子供ですか。たしかに子供なら維持費は安くつきますからなあ。残念ながら我が商館にはいませんが、入荷次第ご連絡さしあげることは可能です。お急ぎでしたら、多少お金はかかりますが他商館から取り寄せ、もしくはご紹介という手もございますが」

「あの、ちなみに相場っておいくらなんでしょう」

「そうですなあ。見目にこだわらなければ金貨三枚といったところでしょうか」

「そうですか……」

金貨三枚と聞いて、私は頭の中で素早くソロバンを弾く。

（所持金は金貨五枚だから、予算的には大丈夫ね。余ったお金で必要な物も揃《そろ》えてあげられるし、なにも問題ないわ）

そもそも奴隷を所有するという行為は、住み込みの使用人を抱えるのと変わらない。よほど非人道的な扱いでもしない限り、賃金は発生しないとしても衣食住のコストはかかるのだ。

それに、いくらこんな容姿だとはいえ、一応若い独身の女である私が成人男性の奴隷と二人きりで暮らすなんて、どんなトラブルを招くかわからない。

（そうよ。落ち着いてよく考えなさい。私の仕事は薬師。必要なのは将来弟子になる子供であって、すでに成人している、しかも世話が必要な年上の成人男性じゃないはずよ。荷物持ちくらいならできるかもとか、この傷だらけの顔だったら逆に用心棒としては箔《はく》が付くとか、そんなことも考えちゃ駄目。だって、この大きな身体を維持するにはそれなりの食費も必要だもの。寝る場所にしたってそう。主である私より大きなベッドが必要とか本末転倒だし、不能だったら同じ屋根の下でも安全かもとか、そういう問題でもないわ。さらに言えば、推しとの暮らしはお金では買えない価値があるとか、大きな仕事のあとだから財布にいつもより余裕があるとか、そんなことは絶対に考えちゃ駄目なのよ……！）

そう頭ではわかっているはずなのに……。私は財布が入っている鞄《かばん》をローブの上からぎゅっと握りしめた。

「…………あの」

「はいお客様、なんでございましょう」

「あの人、もう少しお安くなりませんか」

「これはこれは！　それではあちらの建物でご相談を承りましょう」

絞り出すような声でそう告げた私に、奴隷商は満面の笑みを浮かべて頷いた。

✽　✽　✽

「これよりこのルードヴィクは、新たなる主フランバニエ様の忠実な僕《しもべ》となる契約を結ぶ――」

奴隷商の言葉とともに、豪奢《ごうしゃ》な調度品の置かれた奴隷商館の応接室が青白く冷たい光に包まれる。光の源は目の前に置かれた奴隷契約証と、ルードヴィクの胸に刻まれた奴隷紋だ。

この世界には大まかに分けて二種類の奴隷が存在する。

普段よく目にする奴隷のほとんどは借金奴隷だ。彼らの値段は奴隷商が立て替えた借金の金額プラス利子であり、労役で自身の負った借金を返済すればその身分から解放される。

高額な物を買うために自ら借金奴隷になる者もおり、いわゆるローン返済のような感覚に近いかもしれない。

その一方で罪を犯した人間がなる犯罪奴隷は、贖罪《しょくざい》するまで奴隷身分から解放されることはない。そのほとんどが奴隷のまま一生を終えるとも言われている。

借金奴隷と犯罪奴隷の違いはその身に刻まれる奴隷紋にあり、借金奴隷は胸に魔方陣のような小さな紋が刻まれるが、犯罪奴隷は身体全体に茨のような紋が刻まれる。

この紋に所有者の魔力を流すことによって、所有者と奴隷の間に隷属関係が結ばれるのだ。

「――以上をもって奴隷契約はなされました。この者ルードヴィクは、主たるフランバニエ様の忠実な僕となるでしょう。さあルードヴィクよ、新しいご主人様にご挨拶しなさい」

その言葉とともに、部屋を包んでいた光がルードヴィクの奴隷紋に吸い込まれるように消えていく。無表情で自分の奴隷紋を見つめていたルードヴィクは、光が収まると私の前で跪《ひざまず》き、神妙な面持ちで頭を垂れた。

「ルードヴィクと申します。よろしくお願いします、ご主人様」

無表情のまま恭順の意を表すルードヴィクに、奴隷商は満足そうに頷いた。

「ふむ。特に問題はないようですな。以上で契約は終了です。ご存知かとは思いますが、奴隷が主人に刃向かうことは決してありません。そして主人の命令には絶対に服従します。もし命令に従わない場合は、胸に刻まれた奴隷紋が警告を発するでしょう。どうでしょう。奴隷紋の警告がきちんと発動するか、この場で試してみてはいかがですか？」

「い、いいえ！　大丈夫です！」

奴隷紋による警告は、「警告」なんて優しいものではない。かなりの苦痛を伴うものだと聞いたことがある。そんなものを「お試し」だなんてとんでもない！　私は慌てて首を横に振った。

「おお、なんと慈悲深いご主人様でしょう！　ルードヴィクは実に幸せ者ですな。それではこれにて売買は終了です。お客様には特別サービスで彼の服をご用意いたしましょう。ルードヴィク、向こうで着替えてきなさい」

「はい」

ルードヴィクがその場からいなくなると、奴隷商はあたかも重大な話でもするように声をひそめた。

「お客様、ここだけの話ですが、あのルードヴィクにはまだ需要があると見込んでおります」

「需要、ですか？」

「はい。あれはなかなか便利な奴隷でしてね。使い勝手がいいのですよ。万が一手放される時は、是非当館にご用命ください。その際はいろいろとサービスさせていただきますので」

「は、はあ」

「決してお客様に損はさせませんよ」

糸のような目をさらに細めた奴隷商は、意味ありげに笑った。

　商館を出たあと、私はとりえず家に向かうことにした。

　黄昏《たそがれ》に染まるこの時間帯、人混みで賑《にぎ》わう通りはあちこちの屋台からおいしいそうな匂いが漂ってくる。そんな中を薬師のローブを着た私が傷だらけの奴隷を連れて歩くのは、かなり目立っているに違いない。しかも奴隷商が用意したのはいかにもといった感じの貫頭衣だ。いくら男性とはいえ、剝き出しの足を出した姿は恥ずかしいだろう。

「あ、あの、ルードヴィク、さん」

「ご主人様、私は奴隷です。ルードヴィクとお呼びください。敬称を付ける必要はありません」

「そ、そうなんですね。いろいろ慣れてなくてすみません。ええと、私はフランバニエといいます。薬師をしていて、家は街ではなく森の中にあります。前は薬師の師匠である婆様と二人で暮らしてたんですが、婆様が亡くなってからはずっと一人で……あっ、家までここから一時間くらいかかりますが、歩くのは大丈夫ですか？」

「問題ありません」

「ええと、これからあなたにお願いしたいのは、主に畑の世話です。できれば街へ行く時は荷物持ちをしてもらえると助かるけど……あっ、でも片腕だと大変だと思うので、できる範囲でいいですから！」

「……」

「あの、どうかしましたか?」

　奇妙な沈黙にそっと顔をうかがうと、ルードヴィクは無表情のまま視線を合わせた。

「主であるあなたが奴隷に『お願い』などする必要はありません。ただ命令すればいいのです。言葉遣いもそうです。私に敬語は不要です」

「ご、ごめんなさい。敬語は癖っていうか、誰に対してもこうなんです。だから気にしないでください。それと、私のことはフランバニエと名前で呼んでもらえますか? その、ご主人様って呼ばれるのはなんだか落ち着かなくて」

「ご主人様はとても不思議なかたですね。奴隷ごときが主の名を呼び捨てるなど、それこそありえません」

「えっと……そうなんですね」

　もしかして、これは遠回しに世間知らずと言われてるんだろうか。取り付く島もない態度に気まずくなった私は、慌てて話題を変えた。

「そうだ、お腹は空いてませんか? せっかくだから、そこの屋台でなにか買いましょうか。家でも食事はできるけど、私の料理より屋台のほうが口に合うかもしれないし」

　私の問いかけに、ルードヴィクは不審げに眉根を寄せた。

「奴隷の食事など、パンの一欠片でもいただければ十分です。それより、このまま私を連れ歩いていると外聞がよくないのではありませんか?」

「外聞? ああ、そうよね。こんな髪と目をした私と一緒に歩くのはきっと嫌ですよね。

気がつかなくてごめんなさい」

　私は慌ててローブのフードを深く被り直した。

「いえ、そうではなく、」

「じゃあ、今日はとりあえずこのまま家に帰りましょう。なにか必要な物があればあとで私が買いにくるので、心配しないでください」

「……はい」

「そうだ、家に帰ったらあなたの身体を見せてくださいね。今の身体の状態を調べておきたいので」

「身体を？　……無駄だと思いますが」

どこか浮かれていた私は、ルードヴィクが小さく呟《つぶや》いた言葉に気がつかなかった。


トラキアの街から歩くこと一時間、我が家は深い森の中にある。

夏真っ盛りのこの季節、家に向かう小径の両脇に咲くのは遅咲きのラベンダーだ。その間を抜けていくと、木立の向こうに特徴的な三角屋根が見えてくる。

緑のとんがり帽子を被った家は、色の褪《あ》せた煉瓦《れんが》造り。母屋の隣には調剤小屋があり、その周りをぐるりと薬草畑と家庭菜園が囲む。

　滅多に訪れる人もいない本当に小さな家だけど、亡くなった婆様が遺してくれた、私の自慢の家だ。

「ここが私の家です。まずは井戸の水で汚れを落としましょう。申し訳ないですが、服を脱いでもらえますか？」

「はい」

家に到着すると、私はまず庭にある井戸の前にルードヴィクを座らせた。

井戸の水は真夏でもキンと冷たい。神妙な面持ちで目を瞑る頭の上から、汲《く》み上げたばかりの水をざばりとかける。最初こそ驚いたように肩を竦《すく》めたルードヴィクは、しばらくするとむしろ気持ちよさそうに表情を緩めた。

「寒くないですか？」

「大丈夫です」

「じゃあ上を向いて、目を開けてください」

「はい」

もつれた髪の隙間から見えるルードヴィクの顔は、火傷のような引き攣れた皮膚で覆われている。かつては整っていた相貌は見る影もなく、あまりの酷さに目を背けたくなってしまうほどだ。

（なんて酷い……こんな怪我をした描写、ゲームには出てこなかったわ。すごく痛そう）

私は邪魔になるので被っていたフードを外し、至近距離まで顔を近づけた。

「顔のこの傷痕は火傷ですか？　それともなにか毒のようなものを浴びたとか？」

「火傷です。信じていただけないかもしれませんが、屍竜のブレスを避けきれず、正面から受けたのです」

「屍竜のブレス……。ちょっと顔を触りますね。痛みを感じたら教えてください」

ルードヴィクの顔は、中心からケロイドのような爛《ただ》れた痕が広範囲に広がっている。そっと毒黒《どすぐろ》く変色した眉間の痕に触ると、眉毛がピクリと動いた。

「ごめんなさい。痛みましたか？」

「いえ、大丈夫です」

「では続けますね」

眉間から頬を辿《たど》り、それから唇へ。引き攣れた傷痕を慎重に辿る。ルードヴィクは途中でぐっと顔を顰めた。

「ここが痛むんですか？」

「いえ、くすぐったいだけで、痛みはありません」

「なるほど、感覚はちゃんとあるんですね」

（感覚があって硬くなってるけど皮膚が動くなら、筋肉や神経は問題なさそう。表情がぎこちないのは、ケロイドになった皮膚が引き攣れてるせいかしら）

首から繋がる上半身も、顔と同じに引き攣れた皮膚で覆われている。縦横無尽に走る傷痕は剣の傷痕か、それともドラゴンの爪痕か。文字通り満身創痍《まんしんそうい》といった感じだ。

「……胸から腹部にかけても同じく火傷ですよね。背中は違う傷のようですが、これもその屍竜にやられたんですか？」

「それは爪で引き裂かれた痕です。特別製の鎧《よろい》のおかげでこれだけで済みましたが、普通の鎧だったら即死だったでしょう」

「この火傷はどこまで続いてますか？　下半身に欠損や損傷している箇所は？」

「欠損しているのは右腕だけです。火傷は大腿部《だいたいぶ》まで続いています。ただその、女性には見せにくい位置なので……」

　そこまで言って、ルードヴィクは曖昧に言葉を濁した。

（つまり、女である私には言いにくい場所まで火傷が続いてるってことかしら。そういえば、奴隷商がルードヴィクは不能だって言ってたわね。あら？　じゃあルードヴィクが不能なのって、もしかして火傷のせい？　……これはあとできちんと調べたほうがいいかもしれないわね）

「わかりました。じゃあ、次は腕を見せてください」

「はい」

　私が離れると、ルードヴィクはどこか安堵《あんど》したような顔で欠損した右腕を差し出した。

「これは……いったいどうしたんですか？」

　たしかにゲームでは屍竜に右腕を喰《く》われるシーンがあったけど、上腕の途中から失われた腕は意外にもつるりと綺麗な表面をしている。

「これも屍竜です。剣と一緒に腕を喰われたので、咄嗟《とっさ》に持っていた短剣で切り離しました」

「切り離すって……自分で自分の腕を切ったんですか？　しかも短剣で!?」

「腕を切り離さなければ、私は屍竜に喰われて死んでいたでしょう。そのあとすぐブレスで焼かれたので、止血という意味では運がよかったかもしれません。必死でしたから、その時は痛みも感じませんでした」

「まさかそんな……」

私は咄嗟にかける言葉をなくした。

（ドラゴンブレスを正面から浴びた上に、麻酔もなしで、しかも自分で腕を切ったただなんて、普通の人間だったら痛みと失血でショック状態になっていたはずだわ。ううん、そもそも竜に腕を喰われた時点で危なかっただろうに、一歩間違えればどうなっていたか）

ゲームでのルードヴィク最期のシーンが蘇《よみがえ》る。

屍竜の爪で無残に傷つけられた銀色の甲冑《かっちゅう》。痛みで顔を歪めながら、それでも神子を救おうと屍竜とともに崖から落ちていくルードヴィク……。

心臓をぎゅっと鷲《わし》摑《づか》みされたような痛みを感じて、私は思わず目を閉じた。

「……ご主人様は私を疑わないのですね」

「疑う？　なにをですか？」

「普通なら屍竜に襲われたなどと言っても、まず信じてもらえません。荒唐無稽な作り話か、もしくは頭のおかしい奴だと思われます」

「それは……」

淡々と話すルードヴィクの顔からはなんの感情も読み取ることはできないけれど、この口ぶりからすると、以前誰かにそう言われた経験があるのかもしれない。それも、恐らく複数回あったのだろう。

(私は前世の記憶があるからルードヴィクの言ってることが本当だってわかるけど、普通は屍竜に襲われたなんて言われても信じられないわよね)

そもそもルードヴィクのことを信じてくれる人が一人でもいれば、彼は奴隷になっていなかったはずだ。

(……きっと悔しかっただろうな)

「私、これでも上級薬師なんです。怪我の治療をすることもあるので、あなたの怪我が普通とは違うのはわかります。あ、もう服は着て大丈夫ですよ。見せていただいてありがとうございました。あとは夕飯を終えたら、今度はベッドで横になって身体を見せてください。もう少し詳しく怪我の状態を調べたいので」

「ベッドで、ですか?」

「ええ。ルードヴィクも横になったほうが楽でしょう?　ところで、髪の毛を長く伸ばしてるのは理由がありますか?　願掛けとか、なにか宗教的な理由があるとか?」

「いいえ」

背中の中央辺りまで伸びたアッシュグレーの髪はところどころがもつれ、すっかり固まっている。普通に洗っても、この頑固な汚れはそう簡単に落ちないだろう。

「あの、後ろがかなり絡まっているから、そこは切ってしまったほうがいいと思うんです。このままだと不衛生だし、片手だと綺麗に洗うのも大変でしょう？」

「そうしていただけるなら、私はありがたいですが」

「わかりました。任せてください！」

　私は張り切って腕まくりしたんだけど……。


「あれ、ここも絡まってる。うーん……これは絡まってるというより、結ばれちゃってるわよね。じゃあここも切って……あっ」

「どうかしましたか？」

「う、ううん、大丈夫！　この長さで揃えれば、きっと格好よくなるから！　えっと、髪の毛が結べなくても問題ないですよね？」

「それは問題ありませんが」

「じゃあもう少しだけ短く……あれ？　これだと左右で長さが違う気がする。じゃあ短いほうに合わせて……もう少し切ったほうがいいかしら」

「ご主人様？」

「ちょっと待って。今、大事なところなので……よし、これで……あ！」

「あの、大丈夫ですか？」

「ううん、なんでもないの！　……ええと、とてもすっきりした髪型になったと思うわ。

それに、私的には短いほうが似合ってると思うし！　その……慣れればきっと問題ないと思うわ」

「はあ」

背中の真ん中辺りまで伸びていた髪は、今やすっきり……というより、だいぶ短くなっている。

露わになった首筋をしきりに撫《な》でるルードヴィクを見て、私はしばらく鏡を見せないでおこうとひそかに心の中で誓った。

✽　✽　✽

「それじゃあ、ベッドに横になってもらえますか？」

「……はい」

その夜、夕食を終えたあと、私はルードヴィクを寝室に連れていった。

粗末な寝台が一つあるだけの、いつもとなにも変わらない色気の欠片もない寝室。なのに妙にドキドキしてしまうのはなぜだろう。

明らかにサイズの合わない寝台に座るルードヴィクの表情は硬く、剝き出しの足がやけに生々しい。私はゴクリと唾を飲んだ。

（ああああどうしようあのルードヴィクと同じベッドに……じゃなくて、これはれっきとした診察！　医療行為だから！）

「じゃ、じゃあ、脱がしますね」

「お待ちください」

ルードヴィクの隣に腰を下ろし、服を脱がそうと手を伸ばしたところで、鋭い声が私を制止した。

「ご主人様、奴隷商の言ったとおり私は男として機能しません。どう頑張っても性奴隷としては役に立たないのです。ですからベッドのお供をご所望でしたら、今からでも他の奴隷に替えてください」

じっと私を見つめるルードヴィクの顔には、明らかな嫌悪感が滲《にじ》んでいる。もしかしたら、性的な目的で部屋に連れ込んだと思われているのかもしれない。私は慌てて否定した。

「ち、違うの！　違うから！　そうじゃなくて、私はルードヴィクがインポ……じゃなくて外的要因による勃起障害なのか、それとも内的要因なのかを確認したいだけなんです！」

「勃起障害、ですか？」

必死に弁明する私を見て、ルードヴィクは胡散《うさん》くさげな笑みを浮かべる。その表情から、私のことを信じていないのがありありとわかる。

「信じられないかもしれないけど、本当に本当ですから！　私は純粋に薬師として身体の状態を調べたいんであって、あなたを性奴隷にするつもりはこれっぽっちもありません！　そもそも性奴隷をどうこうするとか、そんな高度なこと処女の私にできるわけが

「……あっ！」

「……」

呆気に取られた顔をしたルードヴィクに、自分がなにを口走ったか気がついた私は、慌てて手で口を覆った。

「と、とにかく、これから私がするのはあくまで治療行為の一環です。怪我の状態を確認したいだけで、性的な意図はこれっぽっちもありませんから」

「……そういうことでしたら」

ルードヴィクはどこか諦めたような表情を浮かべながらベッドに横たわる。その様子を見ながら、私はそっと息を吐いた。

（大声で自分が処女だって叫ぶなんて、必死だったとはいえ恥ずかしすぎるわ。気をつけよう。セクハラ駄目。絶対）

気を取り直した私は、横たわるルードヴィクをまじまじと観察した。

肉をそぎ落としたように痩せた身体は、いたるところがケロイド状になった火傷の痕で覆われている。恐らく全盛期の半分にも満たないだろう薄い体軀《たいく》が痛々しい。けれど綺麗に割れた腹筋は健在で、今でもひそかに鍛錬を続けていることをうかがわせる。

（痩せてはいるけど、筋肉はしっかりある。きっと欠かさず筋トレしてたんだろうな。じゃないとこんな筋肉の状態はありえないもの。それにしても……酷い）

顔から繋《つな》がる火傷は首から胸、そして腹部へと続いている。ケロイド状の皮膚にそっと触れると、ルードヴィクの腹筋がピクリと動いた。

「痛いですか?」

「いいえ、大丈夫です」

「じゃあ、その、下も確認しますね」

「はい」

(ううう、むちゃくちゃ恥ずかしい!　でも、こういうのって照れたら駄目よね、きっと。……よし、女は度胸だ!)

私はルードヴィクの下履きの紐《ひも》を緩め、一気に前を寛がせた。現れたのは髪と同じアッシュグレーの下生えと、そして……特大のブツだ。

「……ッ!」

私は咄嗟に出そうになった声を、すんでのところで飲み込んだ。

(すごい……こんな特大極太ソーセージ見たことない……いやフランクフルト?　あれ?　ソーセージとフランクフルトの違いってナニ?　たしか豚の腸詰めがソーセージで牛の腸詰めが……って違う違う、そうじゃなくて、今やるべきことは別にあるでしょう、私)

「さ、触りますね」

「はい」

ぎこちない動きで触れたそれはフニフニと柔らかく、そして大きい。私の掌ではちょっと収まらないサイズだ。

（うわ、男の人のってこんなに柔らかいんだ。勃ってないのにこの大きさってすごくない？　それともこれが普通なの？　でも待って、勃起するとこれがさらに膨張するのよね。だとしたらいったいどこまで大きくなるの……？　しかもコレが中にはいるのよね？　人体の神秘、すごい……）

「ご主人様、まだかかりますか」

握りしめたブツをじっと観察していた私は、ルードヴィクの声で我に返った。

「あっ、ご、ごめんなさい！　あまりにも大きくてびっくりしちゃって。ええと、私が今、手で触ってるのはわかりますか？」

「はい。わかります」

「ええと、それはどんなふうに感じますか？」

「どんなふうにとは？」

「痛いとか、もしくはその……き、気持ちいいとか……？」

「気持ちいいとはまったく思いません。ただ握られているのがわかるだけです」

「そ、そうですか」

（ここの皮膚が綺麗ってことは、火傷は免れたのね。それに感覚があるってことは、神経とかそういうのに問題はないはず。だとすると、不能なのは心的なものだと思うけど……）

「……ご主人様、もういいでしょうか」

「あっ、そ、そうですね。もういいです。ごめんなさい」

私が慌てて手を放すとルードヴィクは自身を下履きに納め、ぎゅっと紐を締めた。

「それで、なにかわかりましたか」

「そうですね、ええと、これは私の個人的な所見ですが、ルードヴィクが不能になっている原因は、恐らく外的要因ではなく、内的要因によるものだと思います」

「内的要因、ですか」

「つまり、精神的な要素で不能になっている可能性があると思うんです。この場合、薬やポーションで治療してもあまり効果が望めないこともあって。その……こういうのって男の人にとってはきっと重大な問題でしょう？」

以前、とある裕福なご婦人から夜の夫婦生活の相談を受けたことがある。

内容は、有り体に言ってしまうと、旦那さんが勃たなくなったからどうにかしてほしいというものだった。ありとあらゆる薬や道具を試しても効果がなく、悩みに悩んだ末に私のところにやって来たのだ。

（あの時は、後継者の問題で旦那さんがナーバスになってたのよね。元凶だった口うるさい親族が亡くなった途端に解決したって、ご夫婦でニコニコしながら報告しに来てくれたっけ）

「でも、その、こういうのはあまり深刻に考えないほうがいいと思うんです。大らかに構えていれば、そのうちきっと回復の兆しがムクムクって……」

「問題ありません」

「え？」

驚いてルードヴィクの顔を見つめると、そこにあったのはゾッとするような冷めた表情だった。

「どうやら齟齬《そご》が生じているようなので訂正しておきますが、私は自分が不能であることをまったく気にしておりません。むしろ男性機能が使えないほうが都合がいいと考えています。まあ、ご主人様からすれば好ましくないかもしれませんが」

皮肉げに唇を歪めながらルードヴィクは身体を起こし、ベッドの上で姿勢を正した。

「ご主人様、私は奴隷として与えられた仕事には全力を尽くすつもりですが、性奴隷として働くつもりは一切ありません。ですから私のこの身体が気に入らなければ、元いた商館に売り飛ばしてくださってかまいません」

「違うわ！　気に入らないとかそういうことじゃなくて、私は純粋にあなたの怪我を治したいだけなの。ルードヴィクだって自分の身体を治したいでしょう？」

「私の身体が治る？　本気でおっしゃってますか？」

ルードヴィクは馬鹿にしたように鼻で笑った。

「いいことを教えてさしあげましょう。私があの奴隷商に助けられた時、彼はこう聞きました。ここに中級と上級ポーションがある。中級ポーションを使えば怪我が治るだろう。上級を使えばすべての怪我が完治するかもしれない。だが中級ポーションは金貨一枚、上級ポーションは金貨五枚。私にその金額が返せるか、と」

助けられた時、奴隷商は瀕死《ひんし》の状態だったルードヴィクに、どちらのポーションを使うか選択させたのだそうだ。

金貨一枚は普通の庶民が簡単に払える金額ではない。奴隷商はルードヴィクに、借金奴隷になる可能性があることを示唆したのだ。

「私は迷うことなく上級ポーションを選びました。怪我が治りさえすればどうにでもなる。国に戻りさえすれば、知人と連絡さえ取れれば、金貨五枚どころか百枚だって払えると、そう豪語したのです。ですが――」

ルードヴィクを待っていたのは残酷な現実だった。

上級ポーションで谷から落ちた時の怪我は治ったものの、屍竜から受けた怪我は一切治らなかったのだ。

「その後、治癒術士に診てもらった結果、私の怪我が治らないのは、屍竜の呪いなのだと言われました。奴の恨みがこの傷痕にしみついているのだと」

「呪いだなんて、まさかそんなことが……」

「それから私は何度も国の家族や騎士団の知り合いに手紙を出しました。自分はオルトワの奴隷商に保護されている、治療費を持って迎えに来てほしい、と。ですが、顔も、声すらも変わった姿を見て私だとわかった者は、誰一人としていなかったのです」

国からの使いだとやって来た人間は、ルードヴィクを一目見て偽物だと断じたそうだ。

この男はルードヴィクを騙《かた》る不届き者である。今後一切この男からの要求には応じない、と。

「そんな……」

そんなのひどすぎる、と言いかけた口を私は噤《つぐ》む。

ルードヴィクがいたセレンディア神国と私たちがいるここオルトワ共和国は、馬車を使っても一ヶ月はかかる距離だ。そう簡単に行き来できるものではない。使者は崖から落ちたはずのルードヴィクがこんな遠くにいることを、怪しんだのだろう。しかも顔も声も変わっているのだ。ルードヴィク本人だとわからなかったのは、仕方ないことだったのかもしれない。

(私だって、前世の記憶がなければ、奴隷姿のルードヴィクを本人だと判別するのは難しかったかもしれない。ゲームに出てくる彼の台詞は動画でキャプチャ保存して、一瞬だけ登場する後ろ姿や身体の一部も全部スクショで保存して……ってあの執念じみた行為があったおかげで、ルードヴィクだとわかったんだろうな。人生ってなにが役に立つか、本当にわからないわね)

「膨らんだ利子で、借金は金貨十枚まで増えました。短期の労役では増え続ける利子を返済するのに精一杯で、このまま一生借金奴隷として過ごすものだと思っていました。そんな私を買ってくださったご主人様には感謝しています。ですが、私は性奴隷としてはお役に立ちません。どうぞ返品して用途に相応しい奴隷をお求めください」

自嘲めいた薄笑いを浮かべ、どこかうつろな視線で私を見つめるルードヴィクの姿に、奴隷市場で地面に座り込んでいた光景が蘇る。

なにも映さない濁った目。絶望したような、なにもかもを諦めた、ゲームでは決して見ることのなかったあの表情——。

「……治します」

「は？」

「ルードヴィクの火傷の痕も、腕も、全部私が治します」

力強く断言した私を見て、ルードヴィクは訝しげに眉をひそめる。

この人が紛れもなくルードヴィク・オルブライトだということを、この世界でただ私だけが知っている。ルードヴィクが神子たちを守ったからこそ、世界が救われたということも。

（でも、私が知っているだけではなんの意味もないわ。ルードヴィクは本当の意味で自分を取り戻して、神子を救った行為に相応しい評価を得るべきよ）

「私の考えでは、あなたの身体を覆う火傷の痕は、特製上級ポーションを使用すれば治る可能性が高いと思います。はっきり断定はできませんが、私の指の動きがわかって温度を感じているなら、神経や内部組織の損傷は少ないはずです。ただ怪我を負ってから年月が経っていることと、広範囲にケロイドが広がっていることから、複数回ポーションを使う必要があるでしょう」

「ですが、上級ポーションは過去に試したことがありますが」

言外に今さらそんなことをしても無駄だと匂わすルードヴィクに、私はゆっくり首を横に振った。

「たとえ無駄になったとしても、試す価値はあります。まずはその痩せた身体をなんとかすることから始めましょう。体調が万全に整いしだい治療を開始します」

腰に手を当ててそう宣言した私を、ルードヴィクはじっと見つめた。

「私の思い違いでなければ、ご主人様とは今日初めて会ったはずです。それなのに、どうしてこんな奴隷にそこまでするのですか？　高価なポーションを使ってまで、私を性奴隷にしたいのですか？　はっきり言います。奴隷にそのような高価な薬を使うのは無駄です。意味がありません。治療は不可能ですから」

「さっきも言いましたが、私は薬師です。目の前に患者がいたら自分の技量を尽くすのが薬師の使命であり、本分です。それに……」

(私も昔、あなたに救われた一人だから)

もし私がルードヴィクのことを知っていると言ったら、彼はどう思うだろう。しかもそれが前世の記憶だなんて言ったら、頭がおかしいか、気味の悪い女だと思うのではないだろうか。――私を捨てた親と同じに。

私は開きかけた口を閉じ、小さく頭を振った。

「これは、私の自己満足ですから」

「……私は奴隷です。ご主人様の命令に従うのみです」

しばらくの沈黙ののちそう告げたルードヴィクの表情からは、なんの感情も読み取れなかった。

第二章　薬師の使命

「ふう、今日も暑いわね」

夏の終わりに向かうこの時期、ニルルの収穫が最盛期を迎える。

腰痛や神経痛の痛み止めに使われるニルルの葉は、太陽の光を浴びると茶色く変色してしまう。だから、日が昇る前に茎から顔を出したばかりの若葉を収穫する必要があるのだ。

薬師の一日は早い。起床は日の出と同時。服を着替えて顔を洗い、お気に入りの緑のリボンで髪を結んで薬草畑へ向かう。

薬草はとても気難しい。春蒔《ま》きの種に秋蒔きの種。子株が出たのを株分けするものもあれば、果樹のように挿し木や接ぎ木で増やすものもある。日向を好むものに、日陰を好むもの、たっぷりの水が必要な薬草があれば、その反対に乾いた土を好む薬草もある。薬草の種類はさまざまで、それぞれ必要な世話もまったく違ってくる。

収穫する部位や時期も千差万別だ。顔を出したばかりの柔らかな新芽に、水晶のようにキラキラ光る朝露を含んだ葉。ほころぶ直前のぷっくり膨らんだ蕾《つぼみ》。それぞれに合った正しい収穫の時期はほんの一瞬で、薬草の世話をしていると午前中があっという間に終わってしまうのだ。

「今日の収穫はこんなものかしら」

眩《まぶ》しい朝日を顔に受け、私はニルルの葉を摘んでいた手を止めて額の汗を拭った。

日が昇ったばかりだというのに、すでに気温は茹《ゆ》だるような暑さまで上がっている。パタパタと手を団扇のようにしてあおいでいた私は、柵の向こうで作業をするルードヴィクを見つけて手を止めた。

ルードヴィクと暮らしはじめて十日。まだまだぎこちないけど、ほんの少しだけ互いが新しい生活に慣れてきたように思う。

普段ルードヴィクは私よりずっと早く、日の出の前に起きる。鈍った身体を鍛えるためだとかで、削った木の棒を振ったり走ったりと、騎士だった時と同じ鍛錬をしているらしい。それから私が起きる前に畑の世話を済ませておいてくれる。

この家に来て最初にルードヴィクが私に要求したのは、仕事を与えてくれということだった。

怪我が治るまでゆっくり過ごしたほうがいいと勧めた私に、なんのための奴隷かと呆《あき》れられたのは記憶に新しい。

なかば説得される形でお願いすることにしたのは、畑の手入れと水汲《く》み、それから薪割りだ。今も欠損した腕で籠を抱えながら、ルードヴィクは真面目な面持ちでトマトを収穫している。

最初こそ慣れない作業に戸惑っていたものの、畑仕事はどうやら彼の性に合っていたようで、今では率先して世話をしてくれる。楽しげに見える時もあるのは嬉《うれ》しい誤算だ。

(畑仕事の経験はなかったみたいだけど、力があるぶん私より効率がよさそう。片腕だけど、本当に器用よね)

あれだけ窶《やつ》れていた身体も少し肉が戻ってきたようで、皮膚に残る傷痕は変わらないものの、げっそりこけていた頬や肌色はだいぶ改善した。とはいえ無表情なのは相変わらずだし、無口なのも変わらないのだけど。

(それでも初めて会った時よりは表情が少し柔らかくなった気がするけど……それは私の希望的観測かしら。信用されてないのはちょっと辛いな)

今さら後悔しても仕方ないのだけど、初日にやらかしてしまったあの一件で、ルードヴィクからの信用は地の底に落ちてしまったように思う。視線すら合わそうとしない素っ気ない態度に加え、本当に必要最低限のことしか喋《しゃべ》ってくれないのだ。

(いくら必要なことだったとはいえ、ベッドで全裸に剝いちゃったし、しかもアレまで握っちゃったんだもの。どう考えてもやりすぎだったわよね……はあ)

小さくついた溜息《ためいき》に気がついたのかルードヴィクがこちらを振り返ったのを見て、私は慌てて立ち上がった

「お、おはようございます、ルードヴィク。ええと、別に覗《のぞ》き見してたんじゃなくって、これはその」

「おはようございます、ご主人様。畑の水やりは済ませておきました。あと、トマトがだいぶ色づいていたので収穫しておきました」

「あ、ありがとう。そろそろ秋の種をまく時期だから、トマトの畝は今週いっぱいで終わりにするつもりで……あの、どうかしたんですか？」

話している最中もルードヴィクがチラチラと畑を睨《にら》んでいるのに気がついて、私は首を傾げた。

「いえ、その……目を離すとまた鳥がやって来そうなので。今朝もだいぶトマトがやられていましたから」

「鳥？」

ルードヴィクの視線の先には、鳥につつかれたのか穴の開いた無残なトマトが木に残っている。私は思わず吹き出した。

「ふふ、鳥って目ざといですよね」

我が菜園のトマトはこの森を根城にしている鳥にも好評で、赤く色づくとすぐにつつかれてしまう。私は気にならないけど、初めてトマトを世話したルードヴィクにとっては許しがたい行為だったようだ。

「婆様に教わったんですけど、熟してない青いトマトには毒があるんですって。人間が食べてもあまり害はないけど、身体の小さい鳥にとっては強い毒になるみたい。だから鳥は赤く熟すのをじっと待ってるそうですよ。彼らにとっては、トマトを食べるのも命がけなのかもしれませんね」

　私の説明に、ルードヴィクは驚いたように目を瞬いた。

「トマトに毒があるとは知りませんでした」

「そう聞くと盗み食いされても許せる気になりません？　つつかれた箇所は切り落としてしまえば問題なく食べられるし、鳥が好んでつついたトマトのほうが、甘くておいしいかもしれません」

「なるほど。おいしいトマトを教えてくれているのだと思えば、多少は奴らに寛大になれる気がします」

　すごく真面目な顔でそんなことを言うのが意外で、私は思わず笑ってしまった。

「それにしても今日はたくさん収穫できましたね。しばらくはトマト料理が続くかもしれないけど、大丈夫ですか？」

「はい。トマトは好物です」

「よかった。じゃあ、せっかくだからこのトマトも朝食に使いますね。ルードヴィクの支度が終わったらご飯にしましょうか」

「はい」

　私は水浴びをするというルードヴィクと別れると、朝食の支度に取りかかった。

　仕込んでおいたベーコンを練り込んだパンの種をオーブンに入れ、その間に昨夜の残りのスープを火にかける。目玉焼きはルードヴィクが二つで私が一つ。一緒にトマトとソーセージも焼いておく。

まだ婆様が生きていた頃から、食事作りは私の仕事だった。畑の世話に調剤と寝る間も惜しんで働く婆様に、せめてなにかできることはないかと考えたのだ。

とはいえまだ子供だった私が最初からうまくできるはずもなく、最初の頃はそれはひどい有様だった。

なぜか膨らまずぺったんこになってしまうパンに、石のように硬いスコーン。生煮えの野菜や、逆に焼きすぎてパサパサになってしまった肉……。それでも婆様は「おいしいよ」と笑って食べてくれたっけ。

（ふふ、懐かしい。私一人分だと凝った料理を作る気にならないけど、ルードヴィクはたくさん食べてくれるから作り甲斐《がい》があるのよね）

「じゃあ、いただきましょうか」

「はい」

真っ先にパンを頬張ったルードヴィクの口角が、ほんの少しだけ持ち上がる。きっと中に入っているベーコンに気がついたんだろう。私はルードヴィクのお皿にそっとお代わりのパンを足した。

「たくさん食べてくださいね」

「……ありがとうございます」

一緒に暮らし始めて間もない頃、自分は奴隷だからと、ルードヴィクは頑なに同じテーブルで食事をすることを拒否した。玄関近くの床に座り「ここで十分です」と言い切った時は、驚きを通り越して悲しくなったものだ。

なんとか同じテーブルに座るようになってからも大変だった。水とパンしか手を付けようとしないルードヴィクに、「今年は野菜が豊作だから余って困ってるの」やら「たくさん作りすぎて捨てることになる」なんてあの手この手で懐柔して、少しずつ食生活を改善したのだ。

(ここまで食べてくれるようになるまで、けっこう大変だったのよね……)

そんなことを思い出しながら、私も焼いたトマトを一口サイズに切って口に運ぶ。

夏の太陽をたっぷり浴びたトマトは、熱を通すと果物みたいに甘くなる。もちろんそのままでもおいしいけど、半熟に焼いた目玉焼きのトロトロの黄身に絡めて食べるのが、私のお気に入りだ。

お次は皮が弾けるまで焼いたソーセージに、慎重に歯を立てる。プツッという音とともに中から溢《あふ》れ出す肉汁は、火傷しそうに熱い。

(んん、おいしい……！　ベンさんの肉屋はどれもおいしいけど、特にソーセージがハーブと胡椒《こしょう》がきいてて絶品よね。ルードヴィクも好きみたいだし、次に街に行く時は忘れずに買ってこないと)

チラリとルードヴィクを見ると、トマトと目玉焼きを乗せたパンを頬張っているところだ。左手だけなのに食べ方はどこか気品があり、さすがは貴族の出だと感心してしまう。

（食事量も改善したし、ずいぶん顔色もよくなったわね。……うん、そろそろ始めてもいいかもしれない）

「ルードヴィク、今日はこれからなにか用事がありますか？」

私の問いに、ルードヴィクは食事の手を止めた。

「いいえ、特にありませんが」

「では今日からポーションの治療を始めたいと思います。あとで調剤小屋に来てください」


庭にある調剤小屋は、文字通りポーションや薬を作る作業場である。

窓に面した壁際には大きな竈《かまど》と流しがあり、反対側の壁にある棚にはずらりと瓶や素材が並ぶ。そして中央にある作業机の上には、薬研や乳鉢といった薬を作るのに必要な道具がところ狭しと置いてある。

「――よし、完成」

私はポーション瓶に入れた淡く発光する薄桃色の液体を前に、そっと息をついた。

ポーションとは怪我に効く魔法の水薬のことで、低級、中級、上級の三種類がある。

低級ポーションが効くのは切り傷や擦り傷、打ち身や捻挫といった身体の表面の怪我だ。それに対して中級ポーションは、ちょっと深い傷や骨折などの怪我に対応する。

そして上級ポーションは、内臓の損傷等身体の深部の怪我まで、ほぼすべての怪我を治療することができるのだ。

ちなみにポーションは病気には対応しない。病気にかかった時は、薬草から作る薬の出番だ。

「じゃあ、これを飲んでもらえますか？」

「はい」

神妙な面持ちで出来上がったばかりのポーションを受け取ったルードヴィクは、ゆっくり瓶を呷る。固唾を飲んで見守る中、ルードヴィクが空の瓶を机に置くコトンという音が、やたら大きく聞こえた。

「……どう？　なにか身体の変調はありますか？」

「いいえ、特に変化は」

不自然に言葉が途切れ、鏡に映る自分の姿を捉えた翡翠色《ジェイドグリーン》の瞳が大きく見開かれた。

「これは……」

鏡に映るルードヴィクの顔は、屍竜《しかばねりゅう》のブレスによる火傷のあとは依然としてあるものの、その色は明らかに薄くなっている。薬を飲む前と比べるとその変化は顕著だ。

呆然《ぼうぜん》としたまま鏡を見つめていたルードヴィクは、恐る恐るといったように手を伸ばし、感触を確かめるように自分の顔に触れた。

「ブレスの痕が……信じられない」

「どこか引き攣《つ》れたりしませんか？　違和感は？」

「いいえ、問題ありませんが」

「ちょっと触りますね」

私は手を伸ばして、そっとルードヴィクの顔に触れる。

あれだけ引き攣れて硬く強張っていた火傷の痕は、色が薄くなっただけでなく、確実に皮膚の柔らかさも取り戻している。とはいえ完治にはほど遠い状態なので、今後も上級ポーションによる治療は必要だろう。

（このぶんだとあと二回……ううん、三回ポーションを使用すれば、皮膚については元通りになりそうね）

私が立てた治療計画はこうだ。

まずは健康な生活を送り、体調を整える。

ポーションで怪我は治るけど、長年の過酷な奴隷生活で損ねた健康や痩せ衰えた肉体は戻せない。だからまずは規則正しい生活を送り、体調を整えてから上級ポーションを使用することで、より一層の回復を狙ったのだ。

「ちょっと立ってもらえますか？　身体に違和感はありませんか？」

恐る恐るといった様子で椅子から立ち上がったルードヴィクは膝を曲げ、何度か屈伸する。それからグルグルと肩を回した。

「……以前より動かしやすくなっています。皮膚の引き攣れはほとんどなくなったと思います」

「よかった！　ポーションの効果があったようで安心しました。今後の予定ですが、しばらく時間をおいて経過を観察させてください。特に異常がないようだったら、再度ポーションを使用します。様子を見ながら少しずつ治していきましょうね。……あの、どうかしましたか？　気分が悪いとか？」

ルードヴィクはどこか強張った表情のまま下を向いている。私の声も聞こえていない様子に不安になって近づくと、彼は慌てたように身体を引いた。

「なんでもありません。大丈夫です。……申し訳ないのですが、畑に農具を置き忘れていたことを思い出しました。片付けてきてもよろしいでしょうか」

「え、ええ、もちろんかまわないけど」

「失礼します」

視線を合わせないまま逃げるように小屋を出て行くルードヴィクの背中を見ながら、私は首を傾げる。

結局その日、それから一度もルードヴィクと目が合うことはなかった。

✽　✽　✽

「……よし、上出来」

編み込んだ髪をチェックしていた私は、鏡を見て大きく頷《うなず》いた。

街へ行く時の格好はいつも決まっている。髪型は、リボンと一緒に編み込んで後ろで一つに結わいたまとめ髪。服装はダークグレーのスカートに水色のブラウスで、その上から薬師の証である濃紺のローブを纏《まと》う。

濃紺色の薬師のローブは、若い薬師には不人気だと聞いたことがある。時代遅れだとかで、公式の場でしか着用しないのだとか。けれど、私は街へ行く時は必ず着るようにしている。だってこれは婆様から譲り受けた大切なローブだし、なにより自分が薬師である大事な証なのだから。

「ルードヴィク、今日は用事があるので、朝食を食べ終わったら私は街に出かけますね」

まさに秋晴れといった快晴の日。街へ行く支度を終えた私がそう告げると、ルードヴィクは怪訝《けげん》そうに眉根を寄せた。

「街、ですか？」

「はい。月に一度、知り合いのお店に薬を卸しているんですけど、今日はその納品の日なんです」

私が扱うのは各種ポーションと熱冷ましと痛み止め、腹下しの薬といった一般的な薬、あとは皮膚を保護する軟膏《なんこう》や簡易な化粧品だ。

個々の値段はささやかだけど、塵《ちり》も積もればなんとやら。まとめて購入してくれるのはとてもありがたい。私のような年若の薬師でもなんとか食べていけるのは、先代の薬師だった婆様の代から続く、このお得意様のおかげなのである。

「支度ができたらすぐに出ますけど、夕方前には帰ってきます。街で買ってきてほしいものはありますか？」

　私がそう尋ねると、ルードヴィクは手に持っていた籠を床に置いた。

「すみませんご主人様、おっしゃっている意味がわかりません。もう一度言っていただけますか」

「え？　ええと、私が街に行っている間に留守番を頼むつもりだったんですが……。あ、なにか用事があるなら無理にとは言いません。ここに来る人は滅多にいないので、家を空けていても特に問題もないので」

　だから留守の間は好きなことをしていても大丈夫だと遠回しに伝えると、ルードヴィクは、まるで無知な子供でも見るような顔になった。

「ご主人様、私は奴隷です」

「知ってますけど、ええと、それが？」

　きょとんと首を傾げると、ルードヴィクはますます残念そうな顔をしながら溜息をついた。

「その顔はわかっていませんよね。何度も言ってますが、奴隷は奴隷です。使用人ではありません。あなたはあくまで主人なのであって、私と同等ではないのです」

「う、うん。それはわかってるけど」

「わかっているなら、私にきちんと奴隷としての仕事をさせてください。そもそも荷物持ちを兼ねた護衛が必要だったのではないのですか？」

「だって、その、いつも納品の時は一人だから慣れてるし……本当に大丈夫なのよ？」

「なにがどう大丈夫なのかまったくわかりません。あなたは私の主人なのですから、荷物を持てと命じればいいのです。奴隷に気を遣ってどうするのですか」

「うう、そうだけど、でも」

なおも言い募ろうとした私を、ルードヴィクはジロリと睨んで黙らせた。

「すぐに支度しますのでお時間をいただけますか。なにか準備する物があれば言ってください」

「……はい。ヨロシクオネガイシマス」


よろず屋ヤヌートは、トラキアの街にあるメインバザールの奥、怪しい店が建ち並ぶ小径にある。

扱う物は日用雑貨から魔道具まで多種多様。一見がらくたにしか見えない物から迂闊《うかつ》に触れない高級品まで、店主のヤヌートさんが選りすぐった品物が並ぶ。

怪しげな丸眼鏡がトレードマークのヤヌートさんは亡くなった婆様の知古であり、そして私が幼い頃からとてもお世話になっている人でもある。

「ヤヌートさん、こんにちは」

「おお、フランか。待っとったぞ。ずいぶんとご無沙汰だったのう」

店に入ると、褪《あ》せた緑色の扉に取り付けたベルがカランと鳴る。その音で顔を上げたヤヌートさんは私を見て相好を崩し、次いで入ったルードヴィクを見てあからさまに顔を顰《しか》めた。

「なんじゃそのでかい男は。お前さんの客か？」

「ええと、患者でもあるんだけど、その、なんていうか……」

「私はご主人様の奴隷です。おかまいなく」

言い淀《よど》む私に代わりあっさり自分が奴隷だと告げたルードヴィクは、まるで護衛のように入り口の横に立った。それを見ていたヤヌートさんは、驚いたように目を剥いた。

「フフン、お前いつの間に奴隷なんぞ買ったんじゃ」

「話すと長いんだけど、ええと、わかりやすく言うと成り行きっていうか……気がついたらこうなってたっていうか」

誤魔化すようにへにゃりと笑うと、ヤヌートさんはなぜか可哀想なものでも見るような顔をした。

「そういやあフランは昔から怪我をした動物やらなんやらを拾っては、ユグナに叱られとったっけなあ。まあ契約で縛られとる奴隷なら悪さはできんだろうが、どうせならもっと役に立ちそうなのにすりゃあよかったのに」

「もう、それはうんと小さい時の話でしょ！　それより、先に納品しちゃうわね」

私はルードヴィクから背嚢《はいのう》を受け取り、薬包と軟膏の入った缶、そしてポーションの瓶をカウンターに並べた。

「まずはいつもの熱冷ましと腹下しの薬、あと傷に塗る軟膏が三十ずつ。それと、こっちは低級ポーションが二十に中級ポーションが十ね」

ヤヌートさんは一つずつ確認すると紙に書き込み、それからすべての品物を背後の棚にきちんと並べ、最後に満足そうに頷いた。

「いつもながらさすがの品質じゃな。助かるわい」

「ううん、こちらこそ、いつもお買い上げありがとうございます。それと、今日は納品のほかにヤヌートさんに相談があって」

「ほう、フランが儂《わし》に相談なんぞ珍しいな。なんじゃ？」

「上級薬草を仕入れてほしいのと、あとはその……竜の鱗《うろこ》を探してるの」

「はあ？　竜の鱗じゃと⁉」

「ヤヌートさんなら伝手があるんじゃないかと思ったんだけど、難しいの？　飛竜種でもいいんだけど」

よほど驚いたのか、ポカンと口を開けたまま固まっているヤヌートさんの前で、私は首を傾げた。

「いやいや待て待て。竜の鱗なんぞいったいなにに使うつもりじゃ。まさかとは思うが、エリクサーでも作ろうってんじゃないだろうな」

「ええと……そのつもりだったんだけど、なにかまずかったかしら」

エリクサー。それは一口飲めばたちどころにどんな怪我や病気も治すと言われている、幻の霊薬だ。

エリクサーが幻と言われる所以はその稀少《きしょう》性にある。高度な魔力を必要とする製法は難しさゆえにすでに失われつつあり、しかも使われる材料が希少な素材ばかりなのだ。その中でももっとも入手が難しいと言われているのが、竜の鱗だった。

驚いたように目を見開いていたヤヌートさんは、しばらくすると眼鏡を外し、鼻の付け根を指で揉《も》んだ。

「はあ……たしかにフランならエリクサーを作れるかもしれんが」

「あら、ありがとう。ヤヌートさんに褒めてもらえるなんてすごく光栄だわ」

にっこり笑ってお礼を言うと、ヤヌートさんはジロリと睨んだ。

「褒めとらん！　儂は怒っとるんじゃ！　まったく、あれを作るのにどれだけ魔力がいると思っとるんじゃ。ユグナが生きとったら説教どころの話じゃないぞ」

「あら、あの婆様だったら褒めてくれたと思うけど」

「……むう」

図星だったのか口をへの字に曲げたヤヌートさんを見て、私は婆様のことを思い出す。

『いいかい、フランバニエ。薬草は使いようによっては薬にも毒にもなる。私たちが人様の命に関わる仕事をしていることを、決して忘れちゃいけないよ』

口癖のようにそう教えてくれた婆様は特級薬師のユグナ・セトといい、こと薬に関してはとても厳しい人だった。

この世界で薬師を名乗るには、薬師協会が定める資格が必要だ。

資格認定の試験は年に一度。初級、中級、上級、特級にわかれる資格試験は、級が上に行くほど難易度も上がる。

基本の薬草の知識があれば合格できる初級に対し、中級に上がれるのはその半数。そして実技試験が伴う上級はさらに難易度が高く、取得できるのは受験者の一割に満たないと言われている。

ちなみに婆様が持っていた特級は幻と呼ばれ、薬学に多大な貢献が認められた薬師にのみ与えられる栄誉であり、いわば褒賞の一種だ。

私が上級薬師になれたのは、前世のゲームの知識があったことも大きい。

聖騎士の鍛錬場の脇にある薬草園から一瞬だけ見えるルードヴィクを目当てに、前世の私はいったい何度薬草園に足を運んだだろう。そして、一度薬草園に足を踏み入れると、自動的に薬草育成とポーション生産のミニゲームが始まる仕様のおかげで、私は薬の知識だけは誰にも負けない自信があるのだ。

でも、ゲームの知識と現実の知識の間には大きな乖離《かいり》がある。

ゲームでは材料を揃《そろ》えて呪文を唱えれば一瞬でできてしまうポーションも、実際に作るのはとても大変だ。それこそ薬草を育てるところから考えれば何時間どころの話ではないし、各種材料から薬効成分を抽出して調合するためには、とても複雑で繊細な魔力操作が必要になるのだ。

そんな難しい魔力操作を私に叩《たた》き込んでくれた婆様は、薬草を生業とするセト一族に生まれた偉大な薬師だった。

若くして難病の治療法を発見した功績により特級薬師と認められた婆様は、各国から五月雨《さみだれ》のように届く専属契約の誘いを蹴り、わざわざ医療過疎地であったここオルトワに腰を据えたと聞いている。

材料である薬草の栽培からポーションの精製まで、一切の妥協を許さない婆様にわずかな魔力の揺らぎを指摘され、私は何度涙を飲んでポーションを作り直しただろう。

とはいえその厳しい指導のおかげで今の私があるのだから、婆様には感謝してもしきれないのだけど。

「……いやたしかにそうかもしれんが、だがな、それとこれとは話が別じゃ。お前さん、まさかとは思うが、その奴隷にエリクサーを使うつもりじゃないだろうな」

「ええ、そのとおりよ。家でポーションを使用したんだけど、ご覧のとおり完治とはほど遠いの。それに、欠損はポーションでは治らないでしょう?」

私はヤヌートさんにルードヴィクの怪我の状態を説明した。怪我をしたのは今から十年くらい前であること。右腕の欠損のほかに全身に火傷のような怪我を負っていること。そして、怪我を負ってしばらく経ってから上級ポーションを使用したが、効き目はあまりなかったらしいと。

「そりゃあエリクサーならどんな怪我の痕だって欠損だって治るだろうがよ。……はあ、まったく人がよすぎるっちゅうか、なんちゅうか」

ヤヌートさんは呆れたように頭を振りながら、ルードヴィクに視線を移した。

「おい、そこのでかいの。名前はルードヴィクだったか」

「はい」

「なあルードヴィク、お前さんはエリクサー、いや上級ポーションがいくらするか知ってるか」

「私の住んでいた所では、上級ポーションは金貨五枚でした。エリクサーについては知りません」

「そうかそうか。では上級ポーションがどうしてそんなに高価なのか、その理由はわかるか？」

「それは……材料が高価なのと、作るのが大変だからではないでしょうか」

「そのとおりだ。上級ポーションには高価な素材がふんだんに使われとるからな。だがな、いくら材料が揃っていたとしても、それだけじゃあ完成はせん。上級ポーションを作る知識に加え、豊富な魔力も必要だ。だからこそ上級ポーションを作れるのは上級薬師だけなんじゃ。わかるな？」

「はい、わかります」

「儂がざっと見積もったところだと、エリクサーが本当に完成すれば、その価格は金貨百枚を超えるだろう。それでだ。この底抜けにお人好しすぎる馬鹿は、上級ポーションどころかエリクサーをお前に使うと言うとる。お前さん、自分にそんな高価なポーションを使う価値があると思うか？」

「ヤヌートさん、彼を治したいのは私の我が儘《まま》なの。だから、」

ルードヴィクを庇《かば》おうとした私を、ヤヌートさんはジロリと睨んで黙らせた。

「なあフランよ、物事には道理ってもんがある。お前さんはこいつをいくらで買ったんだ？」

「それは、そのう……」

「私の値段は金貨五枚でした」

「ちょ、ちょっとルードヴィク！」

「ほう、金貨五枚か、なるほど。そういや前に弟子が欲しいと言うとったなあ。不遇な環境にいる子供がいるなら買ってやるんだと、年に一度の奴隷市のために金を貯めとったんじゃなかったか？　なあフラン、金貨五枚を稼ごうとしたら、いったいどれだけ薬を作る必要がある。それだけの大金をかけてこの奴隷を買い、上級ポーションを使った挙げ句、今度はエリクサーを使うだと？　お前さん正気か？」

「で、でも、私は」

「お前さんももう立派な大人だ。婆さんが死んだあとも一人で立派にやってることはよく知っとるし、儂が口出しする義理じゃないのもわかっとる。だからこれは年寄りのお節介だと思って聞いてくれ。なあフラン、こいつにそれだけの金をかける価値はあるのか？　金貨五枚を出してこの男を買って、しかも上級ポーションやエリクサーを使ってまで治す価値がある男なのか？」

「それは……」

ヤヌートさんの指摘に私は口を噤《つぐ》んだ。

今ここで、この人は元セレンディアの聖騎士であり、神子を救った英雄のルードヴィク・オルブライトだと言えたらどれだけいいだろう。できることなら大声で叫んでしまいたい。

でも、ルードヴィクが明かしていない過去を私が知っていることを、本人はどう思うだろう。

不思議に思われるくらいならまだいい。でも、私が間諜《かんちょう》だと疑われるか、もしくは気味が悪いと思われたら――……？

無意識でローブのフードを深く被り直そうとした手が、宙をかく。言葉が見つからず私が黙っていると、ルードヴィクが口を開いた。

「ご主人様、店主のおっしゃるとおりです。前に言ったとおり、奴隷ごときに高価な薬を使うのはおやめください。私にそのような価値はないのです」

「ルードヴィク、でも私は」

「どうやらこいつのほうがわかってるじゃないか。まあ、どのみちこの国の、しかもトラキアなんて田舎の薬屋じゃあ、竜の鱗なんて高価なもんは手に入らんよ。よその国でもまず無理じゃろうがな」

「竜の鱗を手に入れるのはそんなに難しいの？」

「そもそもドラゴンなんぞ、そう出没するもんじゃない。運良く出たとしても、あいつを討伐できるのは神国の聖騎士団くらいじゃろうて。普通の人間には手も足も出んよ」

「つまり、セレンディア神国に行けば竜の鱗があるかもしれないってこと？」

「それはどうだろうな」

ヤヌートさんは机に置いてあった眼鏡をかけ直し、緩く頭を振った。

「儂が覚えとる限り、竜が現れたのは今から十年前、セレンディアで神子様が襲われた時が最後じゃ。だが、その時の討伐は失敗した上に、同行した騎士に甚大な被害が出たと聞いとる。あの聖騎士ですら歯が立たんのじゃ。竜の鱗を手に入れるのは事実上不可能ってことだ」


店を出ると辺りはすっかり夕闇に包まれていた。

あれだけ暑かった夏は終わりを告げ、最近は日に日に夕暮れの時間が早くなるのを感じる。すっかり冷たくなった風に、私はふるりと身体を震わせた。

「もう真っ暗ね。ルードヴィクは寒くない？」

「はい。大丈夫です」

　隣を歩くルードヴィクは、洗いざらしの長袖のシャツに、濃いカーキ色のトラウザーズ姿だ。この服を買った時に、片手だと釦《ボタン》が留められないからと、紐《ひも》で調節できる服をリクエストされたことを思い出す。

（そろそろルードヴィクの上着も用意しないとだけど……）

　店を出てからというもの、ルードヴィクはずっと黙り込んでいる。なにを考えているのか、眉間に皺《しわ》を寄せた表情は険しい。

「……あの、さっきは嫌な思いをさせてしまったみたいでごめんなさい。言い方はきついけどヤヌートさんは心配性なだけで、悪い人じゃないんです」

「ご主人様が謝る必要はありません。彼の言っていることはなにも間違っていません。誰に聞いても同じことを言うでしょう。奴隷に高額なポーションを使うのは無駄ですから」

　きっぱりと言い切ったルードヴィクには、わずかな迷いもないように見える。

　出会った時からルードヴィクの主張は一貫して変わらない。頑なな態度はむしろ怪我の治療を拒んでいるようにも見えて、私にはそれが不思議だった。

　どうしてルードヴィクは怪我を治すのを嫌がるのだろう。なにか嫌な思い出でもあるのか、それとも――もしかして、本当は身体を治したくなかったんだろうか。

　ふと過った疑問に、ゾワリと背筋が粟立《あわだ》つ。

　思い起こせば、初めて会った時からルードヴィクは治療に否定的だった。なにか身体を治したくない理由があるのだとしたら、私がしようとしていることはかえって迷惑になっているのかもしれない。

（ううん、奴隷契約がある以上、迷惑どころか無理強いしてる可能性だってあるんだわ。どうしよう、そんなことに今まで気がつかなかったなんて……）

よくよく思い出せば、奴隷として買い上げた当日に頭から冷水を浴びせて強引に髪を切り、しかも部屋に連れ込んで裸に剝いた上にブツを握って検分したのだ。とんでもないセクハラ行為に恐れをなしたルードヴィクが、抗議できなかった可能性だってある。

言いようのない不安に、私はそっとルードヴィクの顔色をうかがった。

「あの、もしかして、私のしてることって迷惑だったかしら。無理強いするつもりはなかったんですが、今から考えるとちょっと強引でしたよね」

「治療が迷惑とは思っていません。ただ、困惑はしています」

「困惑？」

「先はどヤヌートさんがおっしゃっていたとおり、私にはなにも返せるものがありませんから」

ルードヴィクの口ぶりからすると、怪我を治すこと自体が嫌なわけではないようだ。私はホッと胸をなで下ろした。

「もし……もしもの話ですが、右腕が元に戻ったとしたら、なにかしたいことはありますか？」

「右腕が？」

「前は騎士だったんでしょう？　元の騎士団に戻るとか、生まれ育った国に戻りたいとか……もしくは家族や恋人とか、会いたい人はいませんか？」

　ゲームでは過去やプライベートの描写は一切なかったけど、英雄とまで呼ばれていたんだ。ルードヴィクの帰りをずっと待っている人が、セレンディアにはいるのではないだろうか。

（それに、かりん様にも会いたいんじゃないのかな。だって、ルードヴィクが命をかけて守った人だもの）

　ゲームの序盤、ルードヴィクは神子の唯一の味方だった。もちろん聖騎士や剣技の指導役としての立場もあっただろうけど、それ以上に、神子に傾倒しているように描写されていたのだ。

（もしかしたら、神子様のことが好きだったんじゃないのかな）

　チクンと針が刺さったような胸の痛みに気がつかないふりをして尋ねると、ルードヴィクはきっぱりと首を横に振った。

「ご主人様、私は故郷に帰るつもりはありません。ですからその質問は……危ない！」

「え？　キャッ！」

　突然ルードヴィクに強く腕を引かれて、私はその場でたたらを踏んだ。どうやら前方不注意で前から来た人にぶつかりそうだったのを、止めてくれたようだ。

「ご、ごめんなさい！　大丈夫でしたか？」

慌てて後ろに下がりながら頭を下げると、聞き覚えのある声が返ってきた。

「チッっ、気をつけろよな。って、なんだ、誰かと思ったらフランバニエじゃないか」

「え？　あ……ジェイク」

ジェイクは婆様のお得意先だった商家の息子で、いわゆる幼馴染《おさななじ》みだ。だけどガキ大将的な立場だった彼には虐められた記憶しかなく、大人になった今でもちょっと、いや、かなり苦手な相手だったりする。私は咄嗟《とっさ》に着ていたローブのフードを深く被り直した。

「まったく、俺だからよかったけどよ、気をつけろよな」

「う、うん、本当にごめんなさい」

ジェイクは私の隣にいるルードヴィクに視線を移すと、ニヤリと馬鹿にしたような笑みを浮かべた。

「ところでよ、それはお前の奴隷か？　噂《うわさ》は本当だったんだな」

「噂？　噂ってなんのこと？」

「なんだ、知らないのか？　誰にも相手にされないもんだから、魔女がとうとう性奴隷を買ったって、そこらじゅうで噂になってるぞ。まさかこんな小汚いおっさんだとは思わなかったけどな」

「ち、違うわ！　彼には畑の世話を手伝ってもらってるのよ！」

「わかってるって。性奴隷を買ったなんて大きな声じゃ言えないもんな。でもよ、いくらお前が行き遅れで色無しだからって、なにもこんな不細工で片腕の男に手を出さなくてもいいだろう。言ってくれりゃあ俺がいつでも相手をしてやったのに」

「本当に違うってば！」

「いいからいいから」

私がムキになるのを面白がってるのか、ジェイクはニヤニヤ笑うばかりでまったく聞く耳を持とうとしない。

「けどよ、奴隷になる奴なんて元がろくでもない人間に決まってるんだ。こいつだって過去になにをやらかしてるかわからないぞ。お前も一応若い女なんだからよ、もうちょっと用心しろよな」

「――失礼なことを言わないで」

ジェイクの言葉に、自分でも思っていた以上に低い声が出たのがわかった。

（私のことならいくら馬鹿にされたってかまわない。でも、ルードヴィクが、自分を犠牲にして神子を助けたルードヴィクが貶《おとし》められるのは、絶対に許せない……！）

私はジェイクをキッと睨んだ。

「彼は尊敬できる立派な人よ。親の手伝いもしないでフラフラ遊び回っているような、あなたとは違うの」

「なっ、なんだよそれ。今はそんなこと関係ないだろう」

「そもそも、私とルードヴィクは世間に顔向けできないような疚《やま》しい関係ではありません。それにたとえそうだったとしても、ジェイクには関係ない話でしょう？」

　私が言い返したのが気に食わなかったのか、ジェイクは露骨に顔を顰めた。

「はあ？　じゃあどんな関係だって言うんだよ。なあ、なに本気で怒ってんだよ。ちょっとふざけただけじゃねえか。大人げないな」

「大人げないのはジェイクのほうよ。ろくに知りもしない相手をただ奴隷だからと悪く言うなんて、それこそ大人がすることじゃないと思うわ。それに、彼は私の家族みたいなものよ。家族を馬鹿にされたら怒って当然でしょう？」

「待てよ。家族ってなんだよそれ。お前、こいつと家族になるつもりか？」

「ふん！　不愉快だからもう二度と私に話しかけないでちょうだい。ルードヴィク、行きましょう」

「おい、待てって言ってるだろ。まだ話は終わってないぞ」

「……っ！」

　制止を振り切って通り過ぎようとした私を引き留めようとしたのか、ジェイクの手がこちらに向かって伸びる。驚いて咄嗟に身体を竦《すく》ませると、私を庇うようにルードヴィクがその手を振り払った。

「乱暴はやめろ。ご主人様が嫌がっている」

　ジェイクも背は高いほうだけど、ルードヴィクはさらに頭一つ分背が高い。全盛期からはほど遠いとしても、身体の厚みは比べるまでもない。剣こそ佩いていないものの、私を庇うように前に立つ逞《たくま》しい背中は、ゲームで見た神子を守る聖騎士そのものだ。

（……誰かに庇ってもらうのって、初めてかも……）

こんな時に不謹慎かもしれないけど、まるで自分がヒロインにでもなったみたいでドキドキしてしまう。

そんなルードヴィクを、ジェイクは面白くなさそうに睨んだ。

「はあ？　なんだお前。俺はフランと話してるんだ。奴隷には関係ないだろう。引っ込んでろよ」

「それはできない。私はご主人様の護衛だ」

「ハハッ、そんな片腕でまともに護衛なんてできるわけないだろう。奴隷風情が大口叩いてんじゃねえぞ」

「奴隷で片腕だろうと、私が護衛であることは変わらない。それに、大口かどうか試してみればわかるのでは？」

「なんだと？　言わせておけば！」

ルードヴィクの台詞に激昂《げきこう》したのか、ジェイクが腕を大きく振りかぶる。それを見たルードヴィクは一瞬で間合いを詰め、その腕を掴《つか》んだ。

「やめておけ。いざとなれば、己の身と引き換えにしてでもご主人様を守るのが私の仕事だ。お前にはその覚悟があるのか？」

「クソッ、おい！　放せよ！」

ジェイクの腕を掴むルードヴィクは、その場からピクリとも動かない。純粋な力の差か、それとも元騎士の経験からくる余裕なのか、青筋を立てて睨むジェイクと冷静なルードヴィクの力の差は歴然としている。

しばらくの間ルードヴィクを睨んでいたジェイクは、やがて飽きたように肩を竦めた。

「……チッ、大袈裟《おおげさ》すぎるんだよ。ちょっとからかっただけじゃねえか。興ざめだよ。フラン、またな」

ルードヴィクの手を乱暴に振り払ったジェイクは、捨て台詞を吐きながら背を向ける。

その様子を厳しい表情で見つめていたルードヴィクは、彼の姿が完全に姿が見えなくなってからようやくこちらを向いた。

「……ご主人様、先ほどは申し訳ありませんでした。怪我はありませんか」

「ちょっと驚いただけだから大丈夫。それより、助けてくれてありがとう」

「護衛として当然のことをしただけです。本来なら摑まれそうになる前に対処すべきでした。ところで、あの男はいつもあのように失礼な態度なのですか？」

「あのようにって？」

わけがわからず首を傾げると、ルードヴィクは苦虫でも嚙《か》み潰したような顔になった。

「あの男はご主人様のことを不吉だの魔女だのと」

「ああ、あれね。ええと、その……私、捨て子だったんですよね」

「捨て子？」

「ええ。オルトワでは私のような白い髪と赤い瞳は、不吉だとされているんです。だから私は捨てられたみたいで。それで子供の頃からずっと魔女だとか老婆みたいだってからかわれてて……もう慣れちゃいましたけどね」

自嘲しながら、私は自分の髪に手をやる。

婆様曰く、私は捨て子だったそうだ。

二歳か三歳くらいの時に森に捨てられていたのを、薬師である婆様が見つけて育ててくれたのだ。フランバニエという名前を付けてくれたのも婆様だ。

『フランバニエというのは、南の国に咲く白い花の名前だ。花びらの縁と中心がお前の瞳のような赤色で、それは綺麗《きれい》な花だと聞くよ』

『わあ、私の髪と目の色と一緒のお花なのね。素敵！』

幼い頃は無邪気に喜んでいたけれど、今ならわかる。

私の老婆のような白い髪と血のような赤い瞳は、不吉な色。大昔に災いをもたらした魔女と同じ色であり、不幸を招く忌むべき色であり——だから私は捨てられたのだと。

ここオルトワ共和国には、誰もが知る有名な話がある。嫌われ者の悪い魔女の話だ。

昔々あるところに、とても我が儘な魔女がいた。

魔女はささいなことで怒っては魔法を使い、周りの人を困らせていた。

ある時は汗をかくのが嫌だからと何日も太陽を遮り、ある時は囀《さえず》りがうるさいからと国中の鳥から声を奪った。またある時は匂いが嫌いだからと、せっかく咲いた花を全部枯らしてしまった。

ある年の雨期、魔女はお気に入りのドレスが濡《ぬ》れるのが嫌だからと雨を止めた。瞬く間に作物は枯れ、井戸が涸《か》れ、川は干上がった。困った人々は雨を降らすよう訴えたが、魔女は高らかに笑って見ているだけでなにもしようとしない。

それは見た女神は怒った。

『これはお前が罪人だと知らしめる証である』

女神の鉄槌《てっつい》の雷に焼かれた魔女の髪は老女のように白くなり、瞳は血のように赤く染まった。

その後、罪人の証を持つ魔女は姿を消し、みなは幸せに暮らした――。

親が子供に話す寝物語や絵本に登場する悪い魔女は、この国では誰もが知る有名な話だ。我が儘を言う子供に、親が「悪いことをすると女神様に魔女みたいにされるよ」と教えるのだ。

だからこそ、この国では白い髪と赤い目に対する偏見は根深い。

前世を思い出した今ならわかる。この白い髪と赤い瞳はたまたまそうなっただけで、罪人の証でもなんでもないということが。

でも、子供の頃は違った。

『こっちにくるな魔女！　お前がいると不幸になるってみんな言ってるぞ！』

『そうだそうだ！　そんな気味悪い髪と目だから捨てられたんだって！』

『やーい、嫌われ者の捨て子！』

子供は素直で正直で、時にすごく残酷だ。

幼い頃からずっとそうやって虐められ続けた私は、いつしか思い込んでしまっていたのだ。

この白い髪と赤い瞳は、大昔に災厄をもたらした魔女と同じ色。

だから私は捨てられたんだ。

だから私は嫌われるんだって——……。

私がこの髪と瞳のせいで街の人から嫌われていることは、できればルードヴィクには知られたくなかった。せめてルードヴィクの前だけでも、ごく普通の女性として振る舞っていたかったのに。

(ルードヴィクになんて思われたかな。ジェイクの言ったとおり、誰からも相手にされない寂しい女だから奴隷を買ったんだって思われたら……すごく嫌だな)

「そんな、たかが髪と瞳の色くらいで差別するというのですか？　しかも実在するかどうかもわからない大昔の魔女のせいで？」

「……え？」

ぼんやり物思いに浸っていた私は、ルードヴィクの声にはっと我に返った。

「で、でも、白い髪に赤い目ってあまり普通じゃないっていうか、変ですよね。私も今まで自分以外でこんな髪と目の人を見たことないし。ルードヴィクもそう思いませんか？」

「は？　紅玉のように美しい瞳と、まっさらな新雪のように輝く髪だと思いますが？」

「え？　えっと、その……ありがとう」

真顔で言い返されて、その剣幕に驚くと同時に頬が熱くなるのがわかった。

「それにしても、いい大人がいまだにあのような真似をするとは。好みの女性の気を引こうとするにしても、あまりに幼稚すぎるのでは」

「え？　ごめんなさい。早口だったからうまく聞き取れなかったわ。今なんて言ったの？」

私が聞き返すと、ルードヴィクはなんでもないときっぱり首を横に振った。

「それより、このあとなにか用事があったのでは？」

「あ、そうだったわ。急がないと日が暮れちゃうわね。ええと、あとはベンさんの肉屋で買い物しようと思って。荷物が重くなっても大丈夫かしら」

「もちろんです。お任せください。さあ急ぎましょう」

「ええ」

夕焼けに向かって歩き出すルードヴィクに促されるように、私も歩き出す。

地面に伸びる二人の影は、なんだか仲良く寄り添っているように見えた。

第三章　治療

日々空気が冷たくなる中、森の木々は少しずつ色鮮やかに染まりつつある。そんな秋の訪れを感じる日、庭の調剤小屋は朝から緊迫した空気に包まれていた。

「ルードヴィク、どうかしら」

あれから私はルードヴィクに定期的にポーションを使用していた。

初めてポーションを飲んだ時から一月後に二回目。それからさらに一ヶ月経過した今日が、三回目となるポーションの使用日だ。

「ほぼ元通りだと思います。むしろ身体の不調が消えて以前より調子がいいかもしれません。しかしこれは……なんと言えばいいのか……」

飲み干したポーションの瓶を手に、まるでそこに信じられないものでも映っているかのように、ルードヴィクは鏡に映る自分の顔を見つめていた。

あれだけ引き攣《つ》れ、あちこちが張り付いたようになっていた火傷の痕はすっかり姿を消し、滑らかな肌に変わっている。少し伸びた前髪が瞼《まぶた》にかかり翡翠色《ジェイドグリーン》の瞳に影を落としているものの、どろりと濁ったような曇りは欠片も見当たらない。

目の前にいるのは、かつて私の胸を熱く焦がしたあのルードヴィク・オルブライト、その人だ。

「これで上級ポーションでの治療は終わりです。あとは右腕が元通りになれば完璧なんだけど……今は治してあげられなくてごめんなさい」

「それはご主人様が謝ることではありません。むしろ謝るべきなのは私です」

「え？　どうして？」

ルードヴィクは椅子から立ち上がると、身体を折り曲げるようにして深く頭を下げた。

「どうか今までの私の態度を謝罪させてください。上級薬師であるご主人様を疑うような数々の言動、本当に申し訳ありませんでした」

「ちょ、ちょっと、急にどうしたの？」

「知らなかったとはいえご主人様の言葉を疑い、不遜な態度を取ったことを後悔しているのです」

そういえば、最初に比べるとルードヴィクの態度もずいぶん変わった。出会って間もない頃は、私を見る視線は冷たいを通り越して凍りついていたっけ。

「たしかに、最初は私が性奴隷を欲しかったんじゃないかって、ずいぶん疑ってましたよね。今だから言いますけど、あれ、けっこう傷ついたんですよ？」

戯けてそう言うと、ルードヴィクは焦ったようにさらに深く頭を下げた。

「あの時は生意気な態度を取ってしまい、本当に申し訳ありませんでした」

「ふふ、冗談ですよ。それに、あの時はまだお互いよく知らなかったんだから、疑うのは当然だと思います」

「ですが、ご主人様が許してくださったとしても、私がとった失礼な態度が消えてなくなるわけではありませんから」

「もう、本当に気にしなくていいですから」

神妙な面持ちで謝罪の言葉を繰り返す生真面目な態度に、苦笑が漏れる。

先日のジェイクとの一件から、ルードヴィクの態度に変化があった。以前より口数も増えたし、話しかけてくる機会も多くなったのだ。

（一緒に暮らし初めた頃は、目を合わせてくれなかったものね。少しは信用されてるって思っていいのかな）

ふと窓の外に目をやると、ルードヴィクがやって来た頃は花盛りだった庭はすっかりさまがわりしている。夏の間は緑の庇《ひさし》となって日射しを遮っていた木々も色鮮やかに色づきはじめ、季節は実りの秋を迎えようとしている。

（あれからもう二ヶ月も経ったんだ……）

最初はルードヴィクの怪我が治れば、それで終わりだと思っていた。

ルードヴィクは元々セレンディアの人だ。聖騎士であり、英雄であり、私とは住む世界が違う人でもある。だからいずれはここから去って行くだろう、私もそれを手助けするべきだと、そう思っていた。

でも、一緒に暮らしているとつい欲張りになってしまう。

最近は、せめて腕が元通りになるまでは一緒にいたい。本音を言えば、怪我が治ってもずっとここにいてくれたら、なんて考えている自分に気づいてしまうのだ。

（憧れのルードヴィクがここにいること自体が奇跡みたいな出来事なのに、すっかりそれが当たり前になっちゃって……どんどん自分が我儘《まま》になっていくみたいで嫌だな）

「どうかしましたか？」

　窓から外をぼんやり眺めていた私は、ルードヴィクの声で我に返った。

「ううん、なんでもないの。ちょっと畑が気になって。そろそろ冬支度を始める時期だから」

「すみません、冬支度とはなんでしょう」

「ええと、冬に備えての準備のことなんだけど、我が家で一番大事なのは薬草畑の畑じまいかしら。あとは雪に備えて屋根の点検や窓を補強したり、保存食を作ったり……ポーションや冬に流行る流感の薬も作り貯めておきたいわね」

　ここトラキアの冬は厳しい。降雪量はそれほどでもないのだけど、川の水が凍るほどの寒さが一ヶ月以上続くため、それ相応の準備が必要になるのだ。特に今年は食い扶持が増えたので、冬の途中で食べ物が不足しないよう、保存食はたっぷり用意しておきたいところだ。

「保存食とはどんなものなのでしょう。干し肉や干し果実ですか？」

「もちろん干し肉や干し果実も用意するけど、ほかにもいろいろあるわ。夏の終わりにたくさん収穫したトマトはソースにしてあるし、この間摘んだベリーはジャムにしたでしょう？　あとは野菜やキノコを干して乾燥させたのと……そうそう、冬の間は野菜が不足するから、ピクルスもたくさん作っておきたいわね」

「ピクルス、ですか」

わずかに眉尻を下げたルードヴィクの表情には、なんだか見覚えがある。そういえば、マリネやピクルスといった酸味の強い料理を食べる時は、いつもこんな顔をしてたっけ。

「……もしかして、酸っぱい食べ物が苦手だったりします？」

「……いえ、ご主人様の料理はどれもおいしくいただいています」

たっぷり間を置いて神妙な面持ちで答えるルードヴィクに、私は思わず吹き出した。

「もう、言ってくれればよかったのに。肉や魚の保存食もたっぷり作るから安心してくださいね」

各種肉の塩漬けに加え、ハムやソーセージ、ベーコンなどの燻製《くんせい》肉。瓶詰めにした肝のペーストやコンフィは作るのに手間がかかるけど、冬の間の楽しみの一つだ。

私の説明に、ルードヴィクはようやく表情を緩めた。

「それは聞いているだけでおいしそうですね。調剤はできませんが、それ以外なら私でもお手伝いできそうです」

「ふふ、味見もいっぱいしてくださいね」

「それは得意分野です。是非手伝わせてください」

私とルードヴィクは顔を見合わせて笑った。

＊　＊　＊

「薬の納品ですよね。私が行きます」

恒例の納品の日。朝食を終えた私とルードヴィクは、大きな背嚢《はいのう》を前にちょっとした言い争いをしていた。

「でも、これは私の仕事だから」

「今朝はルッカの花が咲いたから、今年最後の収穫をするとおっしゃってましたよね。朝露を含んだ一番花はとても貴重で、しかも花摘みは薬師であるご主人様しかできないのだとも。それならば私が代わりに納品に行くのが合理的かと思いますが」

「でも……」

最近のルードヴィクはなんだか妙に過保護だ。

今までは私がしていたちょっとした力仕事も全部取り上げられてしまったし、街への買い出しも一人で行ってしまう。今日もヤヌートさんの店にどちらが納品に行くかで、朝から平行線を辿《たど》っているのだ。

「薬のこととか、なにか聞かれるかもしれないじゃない」

「彼も素人の私相手に専門的な質問はしないでしょう。店に行き、指定された薬を納め、お金を受け取る。それだけですよね？　子供でもできるお使いです」

「でも……やっぱり私も一緒に行ったほうがいいんじゃないかしら。ルードヴィクになにかあったら心配だもの」

なおも私が言い募ると、ルードヴィクは呆《あき》れたように溜息《ためいき》をついた。

「ご主人様、人がよすぎるのもどうかと思います。私があなたより年上の男だとお忘れですか。あなたはいい加減奴隷を使うのに慣れるべきだ」

「う……わ、わかりました。じゃあ、お願いします」

「いい子ですね」

渋々了承するとルードヴィクは椅子から立ち上がり、ポンと私の頭を撫《な》でた。

まるで子供を褒めるような、なんてことのない仕草なのに、それだけで頬が熱くなってしまう。

私がひそかに悶《もだ》えている間に手早く身支度を終えたルードヴィクは、薬の詰まった背嚢をひょいと背負った。

「では行ってまいります。留守中怪我をしないよう、ご主人様も気をつけてください」

「私よりルードヴィクこそ気をつけて行ってきてね。おいしいお昼を用意して待ってるから」

「楽しみにしています」

笑いながら片手を上げたルードヴィクが、森の木立の中に消えていく。

その背中が見えなくなるまで見送ってから、私は玄関のドアに寄りかかるようにしてずるずるとその場にしゃがみこんだ。

（……どうしよう、まだ顔が熱い）

ルードヴィクの変化は過保護になっただけではない。私の気のせいでなければ、物理的な距離も近くなった気がするのだ。

たとえば食事の支度をしている時に手が当たる距離にいたり、調剤をしている私の手元を肩が触れそうな距離から覗《のぞ》き込んでいたり。そのたびにいちいち固まる私を見てルードヴィクはちょっと驚いたように笑い、それから「すみません。驚かせてしまいましたね」と謝るのだ。

「うう……ルードヴィクがかっこよすぎて辛い」

そもそもルードヴィクは前世からの推しだ。たとえ酷い怪我の痕があろうと、塩対応されようとも、存在自体が至高であり尊かったのだ。

それがポーションの治療により、以前と同じ姿を取り戻したのだ。

以前はルードヴィクが半裸で水浴びしていても、なにも思わなかった。むしろ怪我の具合が気になって観察していたくらいなのに、今は彼のシャツがちょっとはだけているだけでドキドキしてしまう。

（あんなに顔がいいのに優しくて紳士的で、それが私の隣にいて会話してるとか、同じ屋根の下で暮らしてるとか、供給過多すぎてもう……もう……っ！）

私は手を上げ、ルードヴィクに撫でられた場所をそっと触った。

「……ちょっと頭を撫でられたくらいでこんなに興奮してたら駄目よね。しっかりしないと。そうだ、せっかくだから今日の昼食はルードヴィクの好物にしようかな。お肉を焼いてハニーマスタードとチーズでサンドイッチにして、あとは温かいスープを……」

――この日、私が自分で納品に行っていれば、このあとに起こるとんでもない事故は防げたかもしれない。

呑気《のんき》にメニューに思いを巡らす私は、数時間後に自分が激しく後悔することも知らずにニヤニヤしていた。

「……遅いな。どうしたんだろう」

窓から差し込む日がずいぶん斜めになっていることに気がついて、私は作業の手を止めた。

朝ルードヴィクが家を出てから、もう三刻は経つ。ヤヌートさんの店での滞在時間と街への往復を含めても、昼には帰ってきていいはずだ。

（ヤヌートさんと話し込んでるのかな。それとも途中でどこかに寄ってるのかしら。なんにせよ、トラブルに巻き込まれてないといいんだけど）

火傷の痕が治ってからというもの、ルードヴィクは積極的に人と関わるようになった。

いつの間に意気投合したのかヤヌートさんとは名前で呼び合う仲になっているし、この間は肉屋のベンさんに罠《わな》の作り方を教わったと、それは楽しそうに話していた。

でもそれと同時に、女性から声をかけられることも確実に増えたように思う。中にはハッとするくらい綺麗《きれい》な人もいて、ルードヴィクと話しているのを見るとソワソワしてしまうのだ。

モブとはいえ、さすがは恋愛シミュレーションゲームの登場人物。元々の整った容姿に加え、奴隷という過酷な経験を経て増した大人の色気。しかも騎士時代に培われたレディファーストの精神は健在だ。

見上げるような高身長に、隻腕というハンデをものともしない逞《たくま》しい身体。さりげなく私を護衛しつつ翡翠色の瞳を細めて辺りを警戒する様子にときめいてしまうのは、きっと私だけではないだろう。こんな辺境の田舎町でルードヴィクが人目を引くのは、仕方ないことなのかもしれない。

（……まあ、ジェイクや街の若い男の人たちには面白くないだろうけど）

あの一件以来、街でジェイクを見かけても絡んでくることがなくなった。目が合っても軽く頭を下げただけで離れていく。

冷静に考えれば、顔を合わせるたびに嫌味を言っていた以前がおかしかったのだ。本当ならこれが大人としては普通の距離感だろう。なのにジェイクを見ると不安になってしまうのは、長年の経験で身に付いてしまった条件反射なのかもしれない。

（まさかとは思うけど、ジェイクに絡まれたりしてないよね……？）

——カタン。

その時、外から小さな音が聞こえた気がして私は顔を上げた。

帰ってきたのかと庭を見ると、井戸の前でルードヴィクが頭から水を被っているのが見える。驚いた私は慌てて調剤小屋を飛び出した。

「ルードヴィク、なにしてるの？　こんな季節に外で水浴びなんてしてたら風邪を引いちゃう……」

「近寄るな！」

空気がビリビリ震えるような怒鳴り声に、私はその場で立ち止まった。

「ど、どうしたの？　なにかあったの？」

「……申し訳ありません。ですが、私に近寄らないでください」

眉間に深い皺《しわ》を刻み、荒い息を吐くルードヴィクの顔は遠目から見てわかるほど赤く、額には玉のような汗がびっしり光っている。どう見てもただ事ではない。

「でも、そんなに汗をかいて、すごく苦しそうだわ」

「走って帰ってきたので汗をかいただけです。しばらく一人にしていただければ大丈夫ですから」

「でも」

心配で思わず一歩足を進めると、纏わり付くような甘ったるい匂いが鼻についた。

（……お酒の匂いかしら。甘い、蜜みたいな香りだわ。ううん、もしかしてこれは……）

「お酒……媚薬《びやく》？」

思わず口から零れた言葉に、ピクリとルードヴィクの眉が動いた。

「……大丈夫です。自分で対処できますから」

「街でなにかあったのね。誰かからなにか食べ物か飲み物でももらった？　解毒できるかもしれないから、身体を……」

「それ以上近づくな！」

鋭い制止の声に身体が竦《すく》み、足が地面に縫い付けられたように動かなくなる。恐らく顔色も悪くなっているのだろう。私を見たルードヴィクの顔が一瞬曇り、そのまま顔を背けた。

「怒鳴ってしまい申し訳ありません。ですが、今は自分を抑える自信がありません。どうかそれ以上は近づかないでください。私は森で頭を冷やしてきます」

「そんな状態で森に入ったら危ないわ。魔物にでも襲われたらどうするつもり？　無謀よ」

「私がここにいるほうが危険です」

そのままフラフラした足取りで森へ向かおうとするルードヴィクを引き留めようと、私は咄嗟《とっさ》に大声で叫んだ。

「駄目よ、行かないで。私がなんとかするから。だからお願い！」

「グッ！」

恐らく、私が口にした「お願い」という言葉は、「奴隷主」としての「命令」になったんだろう。ルードヴィクは虚を突かれたように立ち止まり、ぎゅっと自分の胸を押さえた。

「クソッ、どうしてあなたは……」

鋭い舌打ちが聞こえたのと同時に、鈍い衝撃とともに視界が塞がれる。それがルードヴィクの身体で、自分が抱きしめられていると理解するまで、そう時間はかからなかった。

「……だから近づくなと言ったのに」

布越しでもありありとわかる、逞しくて分厚い胸板。この寒空に汗をかいているのか、熱く湿った体温が伝わってくる。高鳴る胸の鼓動は、いったいどちらのものだろう。

「ルード、ヴィク……？」

「ご主人様、どうか私に命令してください。あなたから離れろと。それからこの場を去り、落ち着くまで近づくな、と」

奴隷契約を結んでいる以上、ルードヴィクは私の意に染まぬ行動はできない。私が一言「離して」と言うだけで、あっさりこの手は離れていくのだろう。でも……。

「フランバニエ様……頼む」

（こんな時に初めて名前を呼ぶなんて、ずるい）

拒んでいるはずなのに、ルードヴィクの声はなにかを懇願するような、切ない響きを含んで聞こえるのは気のせいだろうか。大きな手から伝わる熱は隠しきれない欲望を孕《はら》み、執着を表すかのように強く、強く私を抱きしめる。そして、私の足に押し付けられる熱の塊は、きっと――。私はゴクリと生唾を飲んだ。

「……ルードヴィクに、命令、します。私をこのまま抱き上げて、ベッドへ連れていきなさい。そして……あなたの望むように、してください」

「ッ……‼」

ビクンと弾けるような身体の震えは、奴隷紋が反応したせいだろうか。それとも、ルードヴィク自身の衝動だろうか。

「……了解、いたしました。フランバニエ様」

熱に浮かされたような擦れた声は、喜びよりむしろ苦しみが勝っているように聞こえた。


前世、私は成人した女性だった。だから交際相手もいたし、年齢相応の経験もそれなりにあった。

残念ながら今世、というか現在は異性と交際どころか友人すらろくにいないけど、それでも薬師という職業柄、女性特有の悩みや妊娠や出産に関する相談を受けることは多い。中にはかなり明け透けな男女の悩みもあったから、知識だけは豊富にあるという自負があった。

だから、私はどこか高をくくっていたんだと思う。

前世で経験したことは今の自分が経験したのも同じだと、そう思い込んでいたのかもしれない。

もしくは自分には薬師の知識と経験があるからどんなことでも冷静に対処できると、驕《おご》っていたのかもしれない。

でも、今ならわかる。それは間違いだって。

だって、好きな人に触れられただけで、こんなに嬉《うれ》しくて舞い上がりそうになるなんて知らなかった。

抱きしめられると痛いくらい心が震えることも、吐息の温度がわかるほど近くにいるのに遠く感じて、それが泣きそうになるくらい切ないことも——。

左腕一本で私を抱き上げたルードヴィクは、荒い息を吐きながら自分のベッドに私を下ろす。

以前は婆様が使っていた部屋は、今はルードヴィクが使っている。簡素なベッドはそのままだけど、皺一つなく整えられたシーツがいかにも几帳面《きちょうめん》な彼らしい。

ぼんやりそんなことを考えていると、ルードヴィクが私の上に跨《また》がった。

「ずいぶんと余裕ですね」

「ルードヴィク……」

チラリと走らせた視線の先には、トラウザーズの下から激しく存在を主張する物体がありありとわかる。それでもなんとか欲望をコントロールしようとしているのだろう。ベッドに仰向けにされた私を見下ろすルードヴィクの表情は、怖いくらい冷静だ。

「……フランバニエ様、今ならまだ間に合います。命令を撤回しませんか？」

「え？　どうして……？」

恐らくだけど、ルードヴィクに盛られたのはかなり強力な媚薬の一種だろう。今まで溜《た》まっていたぶん、媚薬による強壮効果が顕著に出ているのではないだろうか。

（きっと、すごく辛いはず）

「どうしてって、フランバニエ様は乙女でしょう？　乙女の純潔はこんな意に染まぬ状況で、しかも私のような薄汚い奴隷に捧《ささ》げていいものではない」

怒ったような口調とは裏腹に、まるで壊れやすいガラスに触れるようにルードヴィクの手が私の頬を包む。それからぎこちなく震える指が、形を確かめるように私の唇をなぞった。

「……あなたのような素晴らしい人は、心から愛する相手と結ばれるべきだ」

「ルードヴィク……」

「それに、情けない話ですが今の私には優しくできる自信がありません。ですからここでやめておきましょう」

「待って」

口元には穏やかな笑みが浮かんでいるのに、どうして泣きそうな顔に見えるんだろう。

明らかにわかる作り笑いを浮かべながら離れようとするルードヴィクの手を、私はぎゅっと握った。

「ルードヴィク、私ね、私は……」

（あなたが、好き）

思わず溢《あふ》れそうになった言葉を、ぐっと飲み込む。

私とルードヴィクは奴隷主と奴隷という歪《いびつ》な関係だ。もし私が気持ちを告げれば、その言葉は枷《かせ》となって彼を縛り付けるだろう。

（だから、これは絶対言っては駄目）

「……私は、薬師です。だから、ルードヴィクの身体が治ったか確認する責任があると思うんです」

「……！」

「でも、ちょっと怖いので……なるべく優しく抱いてくださいね」

また奴隷紋が反応したのか、ルードヴィクは恨めしそうな顔で睨みながら、抵抗するのを諦めたようにドサリとベッドに横たわった。

「……あなたという人は……クソッ」

荒く息を吐きながらベッドの上に横たわるルードヴィクは、食事とポーションのおかげかだいぶ筋肉が戻りつつある。そりゃあ騎士だった全盛期からはまだほど遠いだろうけど、それでも胸板は逞しい厚みを取り戻し、綺麗に割れた芸術作品のような腹筋も健在だ。

（まあ、なにより目立ってるのは、パンツの前部を内側から押し上げる存在だけど）

「ええと、ここが苦しいんですよね。ちょっと確認させてください」

　私は身体を起こして少し開いたルードヴィクの足の間に座り、慎重に下履きの紐《ひも》を緩めた。すると、すでにいきり立った肉杭が、待ちきれないといった様子でブルンと顔を出した。

「……‼」

　前に見た時より一回りも二回りも大きくなった男性の象徴が、雄々しく天を向いてそそり立つ。張り詰めたような筋があちこちに浮き出したそれは、今にもお臍《へそ》にくっつかんばかりだ。

（どう見てもアソコに入る大きさじゃないんだけど、こんな時はいったいどうすれば……⁉　一回出せば少しは小さくなったりする……⁇）

「さ、触ります、ね」

　恐る恐る手を近づけると、肉杭はまるで武者震いでもするかのようにぶるりと震える。驚いて手を引いた拍子に指が触れたのか、ルードヴィクの口から苦しげな声が漏れた。

「う……っ、ぐ」

「ご、ごめんなさい。痛かったですか？」

「い、いえ、ですが、それ以上は……ッ」

「だ、大丈夫！　次はもっと優しく触りますから！　でも、その、初めてだから、下手だったらごめんなさい！」

　まずは両手で包むように握ってみる。以前触った時はあんなに柔らかかったのに、硬く芯を持った雄が手の中でドクドクと脈打っているのがわかる。掌から直に伝わる脈動は、まるで生き物みたいだ。

（とりあえず一回出せば落ち着くはず、よね。ええと、こう……？）

肉杭を扱くように上下に手を動かすと、ルードヴィクの身体がショックを与えられたように跳ねる。見る間に溢れ出した透明な雫《しずく》を零すまいと焦って唇を押し当てると、ルードヴィクが小さく息を飲んだ音が聞こえた。

「フランバニエ様、なにを……ッ！」

驚愕《きょうがく》したようなルードヴィクの声からすると、どうやら口でする行為はあまり一般的ではなかったらしい。

とりあえず唇を付けたものの、とうてい口の中には収まりきらない肉杭を前に、私はしばし困惑する。

（えっと……これからどうしよう）

そっと舌を動かし、まずはつるつるした頭を舐《な》めてみる。

「……ッ」

チラリと視界に映る腹筋がピクピクしているところを見ると、ちょっとは気持ちいいのかもしれない。

意を決して張りだした傘をパクリと咥えると、私の手の下にあるルードヴィクの太腿《ふともも》にぐっと力が入ったのがわかった。

「は……む、……んっ」

（すごい……口の中でビクビクしてる……）

「うっ……フランバニエ様、それ以上は……クッ……！」

私が舌を動かすたびに、口の中の熱い塊はまるで野生の暴れ馬のように跳ね回る。その反応を見ながら唇を下へ移動させ、それから浮き上がる筋を辿るように上に向かって舌を這《は》わす。

（こんなにビクビクしてて大丈夫かしら。もしかして痛いとか？）

「るーどうﾞぃく、ひもひいいれふか……？」

咥《くわ》えたまま顔を上げると、どこかからミシリと奇妙な音が聞こえた気がした。

「……上目遣いは、駄目、だ……クソ、もう限界だ……ッ‼」

「ンンッ⁉」

「ウッ……グッ……‼」

突然大きな手が私の頭を押さえ、苦しげな声とともに口の中の熱い肉杭が激しく震える。と同時に勢いよく出た飛沫《ひまつ》が、叩《たた》きつけるように喉の奥に流れ込んだ。

「ン……ケホケホケホッ‼」

「も、申し訳ありません！　フランバニエ様、すぐに吐き出してください！」

「ケホ……ン……大丈、夫」

噎《む》せ返るような濃い雄の匂いが口の中に充満する。まるで喉の奥までルードヴィクに犯されてしまったみたい。苦労しながらドロリと絡みつく苦い液体を飲み込んでいると、突然ぐるんと視界が反転した。

「……あなたは男という生き物がどんなものか、理解するべきだ」

トスンと仰向けにされた私の視界に、般若のようなルードヴィクの顔が映る。アッシュグレーの前髪からのぞく翡翠色の瞳は、まるで獲物を定めた野生の肉食獣のように爛々《らんらん》と光って見えた。

「……え？　一度出せば落ち着くって……？」

「ええ。おかげで落ち着いてあなたを堪能できそうです」

「ンッ！」

不敵な笑みを浮かべた顔が近づくと同時に唇が塞がれて、驚く間もなく口の中を激しく弄られる。

歯列をなぞった舌が上顎の窪《くぼ》みをくすぐり、舌の根元を絡みつくように吸い上げる。

前世の記憶で知っていたのとは違い、初めてのキスは想像していたのよりずっと生々しくて、苦しい。噛《か》みつくようなキスがどういうものか、身をもって理解させられてしまう。

それでも舌を強く吸われているうちに、ゾクゾクするような甘い痺れが広がってくるのがわかった。

「ん……ん……」

いつの間にかに移動した彼の手が、服の上から私の胸を揉《も》んでいる。最初は優しかった手の動きはしだいに荒々しく変わり、やがて焦れたのかルードヴィクは私のブラウスを咥えて器用にめくり上げた。

「あっ、そこはっ」

いったん顔を離したルードヴィクが、私を見てニヤリと笑う。その表情はどこか嗜虐的だ。

「まるで色づきはじめたベリーのようですね。とてもうまそうだ」

弧を描いたままの唇が耳に近づき、耳たぶを噛んだ。

「知ってますか？　ベリーは私の好物なんですよ、フランバニエ様」

「あっ……あぁっ……！」

耳の中に直接響くルードヴィクの声は、まるで媚薬みたい。名前を呼ばれただけなのに全身に電流が走ったように痺《しび》れて、なにも考えられなくなってしまう。

「そんなに震えて、フランバニエ様は耳が弱いんですね。とても可愛い声だ。もっと啼《な》かせたくなりますね」

「あ……あ……っ」

執拗《しつよう》に耳朶《みみたぶ》をいたぶっていた舌がねっとりと首筋を這い、鎖骨の形を確かめてから、胸の谷間に下りていく。

「まだ触れてもないのに、もうこんなに尖《とが》ってますね。もしかして、私に触ってほしかったんですか？」

ちゅ、ちゅ、と薄いシュミーズの上から唇を押し付けながら話すルードヴィクの口調は、どこか楽しげだ。

「あっ……ルードヴィク……そこ、なんか、へん」

執拗に胸の先端を舌で捏《こ》ねられているうちに、最初はくすぐったいだけだった感覚がもどかしくて切ないものへと変わっていく。

「フランバニエ様、それは気持ちいいのではありませんか？」

「そんな、わから……な……ぁあっ……っ」

「ではこうしてみましょう」

唐突に舌とは違う硬い感触が胸の飾りに当たり、身体が跳ねる。それがルードヴィクの歯で、胸の先端が噛まれていると理解するのに、そう時間はかからなかった。

「あっ、やあああぁんっ」

「こちらのほうがお好きなようですね」

クニクニと上下の歯で乳首を挟みながらそんなことを聞かれて、私は子供のように頭を振る。

「アッ……あ、わからない、の。でも、噛んじゃ、いやぁ」

「噛まれるのはお嫌ですか？　ではこうしましょうか」

「ああぁっ」

甘噛みされていた胸の飾りが解放されて、今度は熱い舌が蛇のように絡みつく。執拗に舐《ねぶ》りながらもう片方は指で弄られて、敏感になった乳首がジンジンと腫れたように熱を持つ。切ない快感に、私はたまらず太腿を擦り合わせた。

「フランバニエ様、腰が揺れてますよ。どうかしましたか」

「だって変なの……胸の先が熱くて、ジンジンして……なにか零れちゃいそうで……ひあっ」

いやいやと子供のように頭を振って快感を逃がそうとしていると、スルリと下がったルードヴィクの手が、下着の上から割れ目をなぞった。

「それはいけませんね。零れるのはここからですか？」

「ああっ、そこだめえっ」

下着をずらして侵入した指が、襞《ひだ》を割るようになぞる。上下に指を滑らせるように撫でられるたびに、痺れるような刺激が走る。やがて、ルードヴィクの指が敏感な突起を捉えた。

「あ、あああああんっ！」

「……すごいな、もうこんなに濡らして。もしかして私のを咥えながら感じていたんですか？　可愛いな」

「や、ちが……あっ」

「本当に？　こんなに濡れてるのに、おかしいですね」

蜜を掬《すく》った指が、襞に隠れる小さな真珠を暴く。ぬるぬると形をなぞるように撫でられて、悲鳴に似た嬌声が口から漏れてしまう。

「ひゃぁっ……ンンッ！」

衝撃にも似た強い快感に、ビクンと身体が跳ねる。初めて感じる強すぎる刺激は、それが気持ちいいのかよくわからない。それなのに粒をなぞられるたびに、指の動きに合わせて腰が揺れてしまうのが止められない。

「ぁっ……ああ、そこ……あ、やあっ」

「今ほど自分が片腕なのをもどかしく思ったことはありません。右手があれば、あなたをもっと気持ちよくしてさしあげられるのに」

「あ……だめ、だめぇ」

どこか悔しげなルードヴィクの声を聞きながら、私は必死で頭を振る。

執拗に陰核を弄られると、じわじわとなにかが込み上げてくるのが怖い。快感が強すぎてむしろ痛いくらいなのに、ルードヴィクはそんな私の反応をまるで観察するみたいに見つめている。

恥ずかしいのと気持ちいいのでわけがわからないまま身を捩《よじ》っていると、スルリと下着を抜き取られた。

「あ……ふぁっ」

露わになった股間にルードヴィクの頭が消える。次の瞬間、生温かい舌がレロリと秘裂をなぞり上げた。

「ひあっ、そ、そこは汚いからだめ……っ！」

「あなたに汚いところなどありません。ですが、汚いと言うなら私が清めてさしあげましょう」

「やあああんっ」

すっかり暴かれて剥き出しになった敏感な突起に、ルードヴィクの唇が再び近づく。チロ、と舌の先端が触れた途端に、電流が流れたみたいに全身が跳ねた。

「ああああああーーーーっ‼」

さっきまで私の口の中を搔《か》き回し、胸の先端を執拗に虐めていた舌が、今は秘所を這いまわる。レロレロと形を確かめるように舐められ、ちゅうと吸われ、さんざん弄られた秘粒は火傷したように熱を持つ。

強すぎる快感が怖くて膝を擦り合わせて逃げようとしても、逞しい手がそれを許してくれない。

「あ……ぁっ、や……ぁン」

波状に押し寄せる強い快感に荒い息が漏れ、私は必死で身体を捩って抵抗する。

「あっ、ルードヴィク、ルーク、なんかきちゃう、こわい、こわいの……っ」

「フランバニエ様、怖がらなくていいのです。力を抜いて私に身を委ねてください」

「だって、だって……あ……もうだめぇ……っ」

せりあがる快感に、気がつかないうちに爪先にぎゅっと力が入る。そのタイミングを見計らったように強く秘粒を吸い上げられて、一瞬で視界が真っ白に弾けた。

「あ、あ、あーーーーーーっ」

「ああ、うまく達せたようですね。ほら、どんどん蜜が溢れてくる」

絶頂の余韻で震える足を、ルードヴィクが大きく開く。蜜口の入り口をなぞっていた指が、ぬるりと中に侵入した。

「あっ……あ、や、まって、いまそこ、敏感で……ああ」

今まで誰も、自分ですら触れたことのない場所に、ルードヴィクの指が入ってくる。ゆっくりなにかを探すような指の動きは違和感しかなくて、なんだか怖い。

身体に力が入ったのがわかったのか、ルードヴィクが顔を上げた。

「フランバニエ様、痛いですか？」

「ちがう……の、でも、なんだか、こわくて……」

「初めてだと中では快感を得にくいと聞きます。ですが聞こえますか？　ほら、どんどん蜜が溢れてくる。ちゃんと気持ちよくなっている証拠ですよ」

「あ……あっ」

緩やかな動きで奥まで指を穿《うが》たれて、ゆっくり引き抜かれる。ルードヴィクが指を動かすたびに、クチュクチュと湿った水音が響く。異物が出入りする初めての感覚に、全身が粟立《あわだ》つようだ。

「ふぁっ……や、そこ、へん……っ、奥、かきまわしちゃ、いやぁ」

違和感とは違う感覚がじわじわと広がっていくのがわかって、私は子供のようにいやいやと頭を振る。それを見たルードヴィクは上体を起こし、大きく私の足を開いた。

「本当はもう少し慣らしたほうがいいのですが……申し訳ありません。私ももう限界のようです」

割り開かれた股に、ぐっと腰が押し付けられる。指よりもっと太くて熱いものが、ぐぷりと中に入り込むのがわかった。

「あ、ああああっ！」

圧倒的な存在が、みちみちと私の柔らかい部分を切り開いていく。身体を引き裂かれるんじゃないかという強烈な痛みに全身が強張り、汗か涙かわからないものが目尻を伝って落ちていくのがわかった。

「ん……っ」

「……ッ、フランバニエ、様、力を、抜いてください」

「む……り、よ、だって……」

「大丈夫です。ほら、もう全部入りました。……わかりますか？」

「はいった、の？　ぜんぶ……？」

「はい」

見上げたルードヴィクの額にはうっすら汗が光るものの、陶然と微笑みながら私を見つめている。初めて見る満ち足りた表情に、なぜか胸がきゅっと締め付けられた。

（すごい……ずっと、ずっと好きだった人と、一つになってる……）

こんな髪と瞳を持つ不吉な私は、一生一人で生きていくんだと思っていた。

この世界で誰かと愛し愛される関係になれるなんて、そんなことは夢のまた夢だと思っていた。

だから、こんな形――たとえ媚薬のせいだとしても、大好きなルードヴィクと結ばれたことが、すごく嬉しい。

溢れる感情と一緒にポロポロと涙が落ちていく。たまらず伸ばした手を、ルードヴィクがぎゅっと握った。

「ルー……ク」

「ああ、どうか泣かないでください。すみません。やっぱり痛いですよね。今抜きますから」

「……がぅ、の。これは、嬉しくて」

「嬉しい……？　なにがですか？」

「ルークと……ルークと一つになれたことが、嬉しくて」

私の言葉を理解した瞬間、ルードヴィクの顔がくしゃりと、まるで泣きそうに歪んだ。

「フランバニエ……あなたって人は……」

大きな手が頬に流れる涙を優しく拭い取る。それからゆっくり顔が近づき、唇が深く重なった。

「ん……ルー……ク……」

唇の隙間から侵入した舌が、優しく口の中を弄る。と、大きな手が乳房を包み、敏感になっている乳首を優しく捏ねた。

「ン……ふ……」

「そうです、力を抜いて……ああ、とても上手です」

結合部から、痛みとは違う感覚がじわりと広がっていく。強張っていた身体から力が抜けたのがわかったのか、ルードヴィクはゆっくり腰を動かしはじめた。

「……あ……ああっ、あ……」

「すごいな……なんて熱いんだ……」

グチャグチャと響きはじめた水音を合図に、緩やかだった抽挿がリズミカルな動きに変わっていく。

奥まで突き上げられて、ギリギリまで抜かれて、かと思うと再び奥を優しく突かれる。お腹の奥から疼《うず》くような快感がせりあがり、深く杭を穿たれるたびに甘えた声が漏れてしまう。私は手を伸ばしてルードヴィクの身体にしがみついた。

「ルーク……ルーク……ん」

「フランバニエ……私のフラン……」

「ルーク……あっ、なんかへん、そこ、なんかへんなの」

「ああ……ここですよね。ここを押すようにゆっくり擦ると……ほら、中が嬉しそうに私の雄をしゃぶります。ここが気持ちいいんですね」

「あっ、あっ、気持ちいい……そこ、気持ちいいの……っ」

接合部をぐりぐりと押し付けるような動きに、怖いような甘い快感が広がっていく。たまらずぎゅっとお腹に力を入れると、ルードヴィクはそこばかり狙うように中を擦り上げた。

「あ……ん……ルーク、ルーク……っ」

「絡みつくようだ……たまらないな……」

「あ、あああああっ」

ルードヴィクは私の足を持ち上げて肩にかけると、さらに深くに押し付けるように腰を動かしはじめた。

「あっ、あっ……それ深い、ふかいの……っ」

「……クッ、なんて締め付けだ」

「ルーク、ダメ、だめぇ……っ！」

緩やかだった抽挿が、しだいに激しくなっていく。パンパンッと肉がぶつかる音が響き、グズグズに溶けた蜜壺に容赦なく灼熱《しゃくねつ》の杭が穿たれる。

身体の奥からせりあがるような快感に手を伸ばすと、ルードヴィクは私の身体を折りたたむように覆い被さった。

「ルーク、ルーク、いっちゃう、いっちゃうの」

「フラン……フラン……ッ！」

「ああああああああああぁっ……！」

込み上げる快感が一気に高まり、弾ける。それと同時にルードヴィクは顔を歪めながら雄を引き抜くと、低いうめき声とともに私のお腹の上に欲を放った。


「ん……ここは……」

「フランバニエ様、お目覚めになりましたか？」

「ルー……ド、ヴィク？」

「このたびは本当に申し訳ありませんでした！」

「……え？」

突然の謝罪にびっくりして完全に意識が覚醒する。寝ぼけたままの視界に映ったのは、まるで最敬礼のように深く頭を下げるルードヴィクの姿だった。

どうやら昨夜は行為のあと、そのままルードヴィクの部屋で眠ってしまったようだ。明るい光で満ちた部屋は、すでに日が高くなっていることを示している。

こんなにゆっくり起きたのはいったいいつぶりだろう。そんなどうでもいいことを考えながら、私はなんとか身体を起こした。

「えーっと……ルードヴィクはどうして謝ってるのかしら」

「フランバニエ様は初めてだったのに、あんなに何度も求めてしまい……獣のように貪っ

てしまった自分が情けないのです」

よほど反省しているのか、ルードヴィクは頭を下げたままこちらを見ようともしない。

「でも、その……私は初めてをルードヴィクにもらってもらえて嬉しかった、けど……ルードヴィクは違ったの？」

「フランバニエ様……！」

たしかに声も嗄《か》れてるし身体のあちこちが痛い。だけど、好きな人と一緒に朝を迎えるなんて、自分の人生でそんな素敵なイベントが発生するなんて、想像したこともなかったのだ。私としてはすごく嬉しい。

おずおずそう告げると、ルードヴィクは感極まったように私を抱きしめた。

「どうか私のことはルークと呼んでいただけませんか。行為の最中はずっとルークと呼んでくれていたでしょう」

「あ、あれは、夢中だったから……あの、勝手に愛称を付けちゃって嫌じゃなかった？」

「いいえ。むしろ昔はルークと呼ばれていたのを思い出して、とても嬉しかったのです」

ルードヴィクは腕をほどきながら、流れるような動作で私を膝の上に乗せた。

「フランバニエ様、今さらと思われるかもしれませんが、私の腕を治していただけるというあの時の言葉は、まだ有効でしょうか」

「そ、それはもちろん、私の気持ちは変わってないけど」

突然の膝乗せに動揺しながらそう答えると、ルードヴィクは真剣な表情で私の顔を覗き込んだ。

「虫のいい話だと思われるかもしれませんが、私からもお願いしていいでしょうか。私は両方の腕であなたを抱きしめたいのです」

「ルーク……」

間近から真摯に私を見つめる瞳に、奴隷市で出会った時のルードヴィクを思い出す。

あの時のルードヴィクは、ひどく無気力に見えた。すべてを諦めきったような濁った瞳で私を見ていたルードヴィクが、今は澄んだ翡翠色を湛《たた》え私を見つめている。

感情が溢れそうになった私は、咄嗟に俯《うつむ》いて視線を逸らした。

「でもね、この間ヤヌートさんが言っていたとおり、エリクサーの材料が手に入らないかもしれないの。だから……残念だけど確約はできないわ」

あれからいろいろ調べた結果、ドラゴンの鱗《うろこ》は稀少《きしょう》性が高く、あったとしても国宝級のお宝だということがわかった。私のような一介の薬師がおいそれと手に入れられる素材ではない。それにもし鱗が手に入ったとしても、エリクサーを作る時に失敗する可能性だってあるのだ。

「私もエリクサーがどれだけ貴重な薬かはよくわかっています。実は竜の鱗については心当たりがあるのです」

「心当たり？」

「はい。ですが、その話をする前に私のことを話さなければなりませんね。改めて自己紹介させてください。私の本当の名前はルードヴィク・オルブライト。――かつて私はセレンディア神国で聖騎士をしていました」

それからルードヴィクの口から語られたのは、ゲームの設定には載っていなかった壮絶な過去だった。


ルードヴィクがオルブライト伯爵家の三男として生を受けたのは、今から三十二年前のことである。

幼い頃から活発だったルードヴィクは、わずか六歳で才能の片鱗《へんりん》を示す。飛び込みで参加した剣の大会で、見事優勝したのだ。

「三度の飯より剣が好きというか、とにかく身体を動かしているのが好きな子供でした。自分から望んで騎士団に入ったのは十歳の時でしたが、親元を離れて暮らすことに不安はなく、毎日好きなだけ剣を振り回せるのが嬉しかったのを覚えています」

幸いにも優秀な兄たちがいたおかげで、両親は好きにさせてくれたのだとルードヴィクは明るく笑う。

そんなルードヴィクがセレンディア神国の聖騎士に抜擢《ばってき》されたのは、十五歳の時だった。

聖騎士。それはいずれ降臨する神子を守るために集められた、特別な騎士を指す。

そもそもセレンディア神国は神子が降臨する特別な地である。聖騎士とは神子のためにだけ存在する特別な存在であり、それに選ばれるのは騎士としてはかなり名誉なことだった。

「とは言っても、過去に神子が降臨したのは百年あまり前の出来事です。聖騎士の存在自体が、今では一種の象徴的なものとして形骸化しつつありました。ですから、まさか私の代に神子が降臨されるとは思ってもいなかったのです」

ゆえに、神殿が行った召喚の儀に応えて神子が姿を現した時、ルードヴィクはもちろん聖騎士団は感動に打ち震えたのだという。

「顕現された神子はまだ年若い少女でした。それまでの魔獣討伐の功績から『英雄』などと呼ばれていた私は、光栄にも神子に剣技を教えるという大役を賜りました。ですが、彼女は剣に触れたことすらなかったのです」

魔獣が蔓延《はびこ》るこの世界、身を守るために女子供も普通にナイフを持ち歩く。武器を所持しているだけで罪になる日本からやってきた神子が苦労しただろうことは、想像に難くない。そもそもの常識が違うのだ。神子はもちろん教える側のルードヴィクも、とても大変だっただろう。

「神子の指導はまさに手探り状態でした。そんな状況を打破すべく、郊外での実地訓練が計画されたのですが……今から思えば私たちは状況を見誤っていたのでしょう。訓練先として選んだ森は、魔獣こそいましたが、安全な場所のはずでした。ですから屍竜《しかばねりゅう》がそこにいるなんて、誰一人予想していなかったのです」

神子の降臨。それはとても目出度い慶事である反面、それだけ世界に瘴気《しょうき》が満ちているという危機的状況をも示唆する。

屍竜という予期せぬ強敵との遭遇は、もしかしたら必然の出来事だったのかもしれないと、ルードヴィクは苦々しげに語る。

平和な森になぜ屍竜が現れたのかはわからない。神子の持つ神気に惹かれたのか、それともすでに屍竜が発生するほどまで瘴気が満ちていたのか。

もしくは——ゲームの補正が働いたのか。

生きとし生けるものすべての頂点に君臨する生き物、竜。屍竜は瘴気に侵された竜の成れの果てであり、不幸にして遭遇した者は己の死を覚悟するという。

「屍竜との戦いは苛烈を極めました。何人もの騎士たちが炎で焼かれていく中、私の剣が屍竜の足を傷つけたのは本当に偶然でした。ですがおかげで怒り狂った竜の注意が逸れ、神子たちを逃がすことに成功したのです」

突き刺した剣と一緒に右腕を喰《く》われたルードヴィクは、神子たちを逃がすために竜もろともに自ら深い谷底へ身を投げる。自身の死を覚悟して——。

「崖から落ちた時は死を覚悟していました。ですが幸か不幸か私は川に落ち、どうにか生き延びることができたのです」

「そうだったんだ……」

大変だったのね、と言おうとした口をぎゅっと噤《つぐ》む。

ドラゴンブレスで身体を焼かれ、しかも腕を喰い千切られたなんて、どれだけ痛かっただろう。ゲームでは描かれなかった壮絶な戦いに、心臓がぎゅっと締め付けられるようだ。

そんな私を見て、ルーヴィクは困ったように笑った。

「昔の話です。気にしないでください。私は生き延びてこうしてここにいるのですから。とにかく、そのあとは以前も話したとおり私は奴隷商に助けられ、治療に使用したポーション代の借金で奴隷となったのです」

ポーション代や治療費で嵩《かさ》んだ借金はおよそ金貨十枚。高い利子のせいで、返済期間が長引けば長引くほど当然借金は嵩む。

ルードヴィクは長期で働ける環境を望んだが、顔も身体も酷い火傷の痕で覆われ、しかも片腕を失った奴隷を求める人間はそういるものではない。

結果、ルードヴィクは短期の労役契約を繰り返すことになるが、それでは利子を返すだけで精一杯だったそうだ。

「腕も、顔すらも失い、騎士としての矜持《きょうじ》も失い奴隷となった人間に、尊厳はありません。そんな主人ばかりではありませんでしたが、私の容姿と境遇を好んで買うような人間は、歪んだ性格であることが多かったのです。どうして自分がこんな目に、と何度思ったかわかりません。ですが、いつしかそんなことすら考えなくなりました。不毛な考えに囚われて絶望するより、いっそすべてを諦めたほうが楽だったのです」

どこかうつろな瞳が悲しくて、私はそっと手を伸ばす。頬を撫でられたルードヴィクはハッとしたように表情を緩め、にっこり笑いながら私と視線を合わせた。

「ですが、そんな私をあなたは見つけてくれた」

「ルーク……」

「フランバニエ様、改めてお礼を言わせてください。あの日、あの奴隷市で見つけてくださらなければ、私は奴隷のまま朽ち果てていたでしょう。あなたは私を救ってくださったのです。本当にありがとうございました」

「救ったなんて大袈裟《おおげさ》よ。私がしたのは単なる自己満足なのに」

「動機や理由がどうであれ、フランバニエ様の行動で私が救われたのは紛れもない事実なのです。あなたのような素晴らしい人と出会えて、私は本当に幸運でした。だからこそ、私はあなたの恩に報いたい」

ルードヴィクは恭しく私の手の甲に唇を押し付けた。

「フランバニエ様、お願いがあります。どうか私と一緒にセレンディアへ行っていただけないでしょうか」

「セレンディアへ？」

「はい。セレンディア神国の宝物庫には、竜の鱗が保管されていると言われています。この国にいるよりは、手に入る可能性が高いと思うのです」

そういえば、神子の偉業を伝える伝説の中に竜討伐があったことを思い出す。たしかにセレンディアなら竜の鱗が保管されていてもおかしくないだろう。だけど……。

「私がセレンディアに行くのはかまわないけど、その……ルークは平気なの？」

以前、奴隷となった時に祖国に助けを求めたけど、誰も助けてくれなかったと言っていた。そんな杜撰《ずさん》な対応をされたことに、蟠《わだかま》りはないのだろうか。

私の質問にルードヴィクは驚いたように目を瞠《みは》り、それからふっと笑った。

「フランバニエ様は優しいですね。ですが大丈夫です。なにも感じないと言ったら嘘《うそ》になりますが、それよりもっと大事なことがありますから」

アンストの舞台セレンディア。前世の記憶を取り戻してからは、いつか行ってみたい憧れの国だった。

けれど、徒歩以外は馬か馬車ぐらいしか交通手段がないこの世界では、国を跨《また》いでの旅行は一世一代の大イベントだ。だから、自分は一生この国を出ることはないだろうと思っていた。

（でも、ルードヴィクと一緒なら安心よね。むしろ一緒に旅行できるなんて、私にとっては夢みたいなイベントだわ。だけど……私のせいで嫌な目に遭うんじゃないかしら）

「私ね、この国から出たことがないの。せいぜいオルトワの首都に行ったことがあるくらい。だからその……こんな外見の私なんかが旅行しても大丈夫かしら」

無意識で髪を触っていた手に、ルードヴィクの手が重なった。

「ご主人様はとても綺麗です。自信を持つべきだ。いや、むしろ変な虫がつかないよう、私が気をつけないといけないですね」

「ふふ、ルークがそんな冗談を言うなんて珍しい。でも、おかげでちょっと気が楽になったかも」

至極真面目な顔でそんなことを言うものだから、私は思わず吹き出してしまった。

ここからセレンディアまでは馬車で一ヶ月、往復するだけでも二ヶ月はかかるだろう。向こうでの滞在期間を考えると、ゆうに三ヶ月以上は家を空けることになるかもしれない。私はこれからやらなければいけないことをリストアップする。

「留守に備えていろいろ準備しないとよね。これから冬になるから畑の世話は大丈夫だとして、ヤヌートさんに相談して薬やポーションをどうするか決めないと」

「旅支度も必要です。寒さに備えて防寒着と、念のため野営の装備もあるといいのですが」

「婆様とよく薬の素材を採取しに出かけていたから、それは大丈夫だと思うわ。しばらく使ってなかったから、点検しないとだけど。……ふふ」

「どうかしましたか？」

「ううん、なんでもないの。ただちょっとその……楽しみで」

私にとっては初めての旅行。しかもそれが憧れの地セレンディアで、大好きなルードヴィクと一緒なのだ。これが楽しみでないはずがない。気を抜くとすぐに頬が緩んでしまいそうになる。

「フランバニエ様に楽しみだと言っていただけるなら、私も嬉しいです。そもそも私のような奴隷が主に願い事をするなど、厚顔無恥も甚だしいのですから。ご自分がどれだけ寛大か、わかってますか？」

「あら、私はちっとも寛大なんかじゃないわ。もし私が寛大だとしたら、それはルークにだけよ」

「まったくあなたという人は……」

「きゃっ」

ルードヴィクは笑って私を抱えると、そのままごろりとベッドに横たわる。身体の上に乗り上げる形になった私は、逞しい胸に頭を預けて目を瞑る。

どうかこの時間が少しでも長く続きますように。そんな願いを胸に抱きながら。


それからの一週間は驚くほどの早さで過ぎていった。

庭の薬草は収穫できるものはすべて収穫し、大量の薬とポーションを作った。ヤヌートさんには事情を話して多めに薬を納品したし、肉屋のベンさんをはじめ、お世話になっている人たちにもしばらく留守にすることを連絡済みだ。

そして迎えた今日、私たちはいよいよセレンディアへ出発する。

「なにか忘れてることはないかしら」

「戸締まりは確認済みです。あとは出るだけですよ」

朝から何度も戸締まりを確認する私に、ルードヴィクは苦笑気味だ。

「そうよね。戸締まりは大丈夫よね。あとは……大事な物は全部鞄《かばん》に入れたし、万が一忘れていても、お金さえあればどうとでもできるわよね。ルークは大丈夫？」

私はもう何度目になるかわからないほど見直した鞄の蓋を閉め、扉の前に立つルードヴィクを振り返った。

「はい。私はこの剣さえあればなんとでもなりますので」

彼はにっこり笑いながら、どこか誇らしげに腰に佩《は》いた剣を撫でる。

旅装姿のルードヴィクの腰に目立つ真新しい剣は、旅行の準備で唯一彼が私に強請ったもので、短剣《ダガー》と呼ばれるものらしい。

購入の際に武器屋のおじさんと真剣に議論を交わす様子は、まるで喧嘩《けんか》をしてるんじゃないかと勘違いするほどだった。

「ではそろそろ出発しましょうか」

「うん」

家を出る前に、私はもう一度ぐるりと部屋の中を見回した。

独りで住むにはちょっと大きいけど、ルードヴィクと暮らすようになってからはむしろ狭く感じていた、私の大切な家。雨戸を閉め切った薄暗い部屋はしんと静まりかえり、いつもと違って妙によそよそしく感じる。

(今はルークと一緒だけど、この旅から戻ってくる時はどうなっているのかしら……)

「どうかしましたか？　なにか気になることでも？」

「ううん、なんでもないの。大丈夫」

かすかに胸に去来したものは、なにかの予感だろうか。

私はルードヴィクが差し出す手に自分の手を乗せ、一歩を踏み出した。

幕間

（眠ったか……）

ルードヴィクはシーツの上に広がる新雪のような色の髪を一房手に取り、そっと口付ける。

成り行きとはいえ無理をさせた自覚はある。薬が効いていたせいもあるが、処女を相手にあれだけ盛ってしまったのは、年上の男としてはさすがに情けないものがある。

（薬のせいというよりは、久しぶりだったからか。……いや、フランバニエ様が魅力的だからだな）

疲れ果てたのか身体を寄せて眠るフランバニエを眺めながら、ルードヴィクは彼女と初めて会った時のことを思い出していた。

オルブライト伯爵家の三男として生を受けたルードヴィクの人生は、ある時点まで極めて順風満帆だったと言える。

伯爵家という恵まれた環境と理解ある家族。加えて優れた体格と身体能力を持ち、なにより類い希なる剣の才能を持つルードヴィクが聖騎士になったのは、ある意味運命だったのかもしれない。

だが、彼の人生は屍竜《しかばねりゅう》との遭遇により大きな転機を迎える。

生きとし生けるものの頂点に立つ存在、竜。生物の中で最大級を誇る大きさの身体に比類なき豊潤な魔力、優れた知性は人語を解すとされる、史上最強の生物である。

その竜が瘴気《しょうき》に侵された成れの果てであり、竜の身体と魔力を持ちながらも知性を失った凶悪な存在が、屍竜だ。

そんな圧倒的覇者を前にした時、ルードヴィクは人生で初めて自身の死を明確に意識した。その後、神子を逃がそうと自ら囮《おとり》となり、屍竜とともに深い谷底へ落ちた彼を待っていたのは、ある意味死より辛い出来事だったのだ。


「はあ？　なにかの間違いだろう」

「いえいえ、手紙にはこう書かれています。当家の該当する人物はすでに亡くなっている。本人であると主張するなら、セレンディアの神殿に来られたし、と」

屍竜とともに谷に転落し川に流されたルードヴィクは、幸運にも通りかかった奴隷商に発見され一命を取り留めた。その際に使用したポーション代と、治癒術士にかかった治療代で負った借金の返済をオルブライト家に頼んだところ、戻ってきたのは思いも寄らぬ返事だった。

奴隷商の手から奪い取るようにして手紙を読んだルードヴィクは、驚愕《きょうがく》に目を見開いた。

「これは間違いなく我がオルブライト家の紋章だ。だが、まさかそんな……」

これは彼の与り知らぬことだが、屍竜とともに谷に転落し行方不明となったルードヴィクの捜索は、国をあげて大々的に行われていた。ゆえに懸賞金目当ての詐欺まがいの行為や騙《かた》りもあとを絶たず、その最中に届いたルードヴィクの手紙も、悪質な詐欺だと思われたのだ。

「では、今度は聖騎士団総団長のマックナイト卿《きょう》に手紙を送ってくれ。彼なら私がルードヴィク・オルブライト本人だと、間違いなく証明してくれるはずだ」

そんな事情を知らずに抗議するルードヴィクに、奴隷商は呆《あき》れたように溜息《ためいき》をついた。

「ルードヴィクさん、これで何回目だと思ってるんですか。セレンディアへ手紙を送る費用だって馬鹿にならないんですよ。こちらは商売なんですから」

「あの人なら大丈夫だ。だから頼む。あと一度だけでいいのだ！」

「残念ながら前回お約束したとおり、この手紙が最後です。明日から奴隷房へ移っていただきますよ」

一般的な借金奴隷は、自身が負った借金の返済を終えれば奴隷身分から解放される。ルードヴィクが負った借金は、上級ポーションとその他の治療費を含めて金貨十枚。一年もあれば借金は返せるだろうと、当初彼は軽く考えていた。

だが、奴隷を買いに来る客は、若く体力のある働き手を探している場合がほとんどである。片腕で、しかも醜い火傷の痕で全身を覆われた男をわざわざ買うような物好きはそういない。

その結果、ルードヴィクは劣悪な条件の短期の奴隷契約を繰り返すことになったのだ。

一年、二年と失意のうちに年月が過ぎていく中、ある日ルードヴィクは裕福な商人に買われることになった。

「ああ、君が新しい奴隷か。期待しているよ」

「ありがとうございます。ご期待に添えるよう努力します」

成功した商売人として知られる新しい主は、人格者としても評判の男だった。奴隷の目を見てきちんと話す様子に、ルードヴィクは一縷《いちる》の期待を抱く。今度こそ長く一つのところで働けるのではないだろうかと。

だが、その男は裏では特殊な性癖――美しい女性が陵辱される姿を好む男だったのだ。

ある夜、なにも知らずに主の寝室に呼び出されたルードヴィクは、一人の若い女性と引き合わされる。粗末な身なりをしているものの気品があり、没落した貴族の令嬢ではないかと思われた。

「じゃあ彼女を犯してもらおうか」

「は？」

「おや聞こえなかったかい？　そこにいる女性を犯せと命じたんだ。ああ、優しくする必要はないよ。興ざめするからね。流血しない程度に乱暴に扱ってくれ」

奴隷契約で縛られている以上、奴隷は主人の命令に背くことはできない。どんなに非道な命令であっても、絶対に服従しなければならないのだ。たとえそれが騎士の矜持《きょうじ》に背く行為だったとしても。

「ヒッ……やめて、来ないで……！」

身体を清めることも許されず、しかも襤褸《ぼろ》を纏《まと》ったままのルードヴィクは、女性の目にはさぞおぞましく映っただろう。涙を流して嫌がり半狂乱になって抵抗する女性をルードヴィクは無理矢理犯し——それから彼は男として不能になったのだ。


奴隷として過ごす過酷な日々は、ルードヴィクからことごとく希望を奪い去った。だが皮肉にも決定的に彼の心を打ち砕いたのは、神子が瘴気の浄化に成功したという報せだった。

「おい、聞いたか？　神子様が浄化を終えてセレンディアに凱旋《がいせん》したらしいぞ」

その報せは、セレンディアから遠く離れたオルトワ共和国にも届いた。

普段は陰気な奴隷房が神子の功績を讃《たた》える華やいだ空気に包まれる中、ルードヴィクは素直に喜べない自分がいることに気がついていた。

こんな怪我さえしていなければ、自分はあちら側にいたはずだ。

過酷な試練を乗り越え世界を救った英雄の一員として、神子とともに喜びを分かち合う立場にいたはずだった。

だが、命を賭して神子を助けた自分を探しにくる者は誰一人としておらず、借金は嵩むばかり。この先自分が奴隷という身分から抜け出せる未来は、決して訪れないだろう。

故郷セレンディアから遠く離れたこんな辺鄙《へんぴ》な場所で、自分は聖騎士のルードヴィク・オルブライトではなく、ただの奴隷のルードヴィクとして死んでいくのか……。


そんなルードヴィクに一筋の光明が差したのは、奴隷生活がそろそろ十年目にさしかかろうとする時だった。

トラキアで年に一度開催される奴隷市は、奴隷たちには最終処分場とも呼ばれていた。商館に長く在籍する者のうち借金を返すあてがない奴隷が二束三文で放出され、買われた奴隷の多くは過酷な労働で命を落とすと噂《うわさ》されているからだ。

朝から茹《ゆ》だるような暑さに見舞われたその日、他の奴隷と一緒に奴隷市に出されていたルードヴィクは、視線を感じて顔を上げた。

そこにいたのは、およそ場末の奴隷市には似つかわしくない若い女だった。

おざなりに顔を上げると、フードを目深に被った怪しげな女と目が合う。

「……私はやめておけ」

つい余計な一言を言ってしまったのは、フードの奥からのぞく瞳があまりに澄んでいたからかもしれない。

その後、なんの気紛れか金貨五枚という大金をはたいた女は、ルードヴィクを家に連れ帰るとまず水浴びをさせた。

「じゃあ上を向いて、目を開けてください」

「はい」

その時初めて間近から女の顔を見たルードヴィクは、驚きで息を飲んだ。

強い日射しを避けるためか、深く被ったフードの下からじっとルードヴィクを見つめるのは、印象的な紅玉の瞳だ。長い睫《まつげ》が影を落とす肌は抜けるように白く、色づきはじめた蕾《つぼみ》のような唇に目が釘付《くぎづ》けになる。

（なぜこんなに若くて美しい女性が……）

まだ誰も踏んだことのない新雪のように白く艶やかな髪が、ふわりと風に揺れた。

フランバニエと名乗った新しい主は、年齢は二十代前半といったところか。本人は薬師と言っているが、その実はわからない。いちいちルードヴィクの顔色をうかがう様子から察するに、奴隷の扱いどころか人付き合いも慣れていないようだ。

（一人でこんな辺鄙な場所に暮らしてるんだ。よほど後ろ暗いことがあるに違いない）

世の中には残酷な趣味を持つ人間もいる。経験からその事実を知るルードヴィクは、新しい主を斜に構えて見ていた。性的な関係が目的ならいつかは諦めるだろう。治験が目的なら、治療が不可能だとわかれば手放すだろう、と。

だが、彼が自分の考えを撤回するのにそう時間はかからなかった。

「……は？　私の部屋、ですか？」

「ええ。この部屋は以前婆様が使っていた部屋で……あ、私のお師匠様でもあるんですが、五年前に亡くなって以来、空き部屋になってたんです。荷物は片付けておいたので、好きに使ってください。男の人が使うにはちょっと狭いかもしれませんが」

「いえ、部屋にはなにも問題ありませんが」

「よかった！　足りない物があれば言ってくださいね」

（奴隷に自分の隣の部屋を与えるなど、なにを考えているんだ？　いくら奴隷契約があるとしても危機感がなさすぎる。元は身分のあるお嬢様だったとしても、常識がなさすぎるだろう）

「今日の夕飯は鳥肉の香草焼きです。鳥肉には良質なタンパク質が含まれていて、筋肉を作るにはとてもいい食材なんですよ。トマトとひよこ豆のスープもいっぱい作ったので、どんどんお代わりしてくださいね」

「いえ、私はこれで十分です」

「じゃ、じゃあせめてパンのお代わりはいかがですか？　全粒粉のパンですが、たくさん焼きすぎてしまって……」

「……ではいただきます」

「はい、どうぞ。たくさん食べてくださいね」

（奴隷を食卓に同席させるだけでもおかしいのに、食事を与えお代わりまで勧めるとは、常識がないと言うよりはよほどのお人好しか？　いや、少しでも俺の気を引こうとしているのかもしれないが……）


「ご主人様、なにをしているのですか？」

「ルードヴィク、この枝が伸びすぎてしまって。調剤小屋に行くのに邪魔にならないうちに切っておこうと思って」

「代わりましょう。ご主人様の細腕では力が足りないように見えます」

「あら、これくらい大丈夫……私より上手そうですね。じゃあお任せしちゃいますね」

「お待ちください。右手に持っていらっしゃる鉈《なた》は、なにに使うおつもりでしょう」

「ええと、せっかくだから、切った枝を薪用に短くしておこうと思ったんだけど」

「前も言いましたが、そのような力仕事は私にお任せください。片腕ですが、ご主人様より力はあります」

（この人はあまりにも……いや、俺が代わりにしっかりしていれば問題ないはずだ）

　決定的にルードヴィクが自身の認識を改めたのは、街でフランバニエの知人だという男性に絡まれた時のことだ。

その男の顔を見た瞬間、フランバニエの身体がわずかに固まったのがわかった。

「魔女」「行き遅れ」「性奴隷を買う女」「色無し」

ルードヴィクが警戒する前で、男は下卑た笑みを浮かべながら聞くに堪えない言葉を口にする。そんな相手から庇《かば》っているつもりなのか、果敢に男に向かう細い肩がずっと震えていることに、ルードヴィクは気づいていた。

（怖がっているのか？　だが、それならばなぜこの人は奴隷である俺の前に立つんだ……？）

ルードヴィクは以前から疑問に思っていた。この女には自分がどう見えているのだろうと。

自分は片腕を失い、顔どころか全身をひどい火傷の痕で覆われた醜い男だ。しかも若くもなく、愛想があるわけでもない、借金を抱えた価値のない奴隷だ。

なのに、なぜこの女はルードヴィクを一人の人間として扱うのだろう。

自分を性奴隷にしようとしているなど、思い上がった考えはとうにない。それでも、なにか思惑があるのではという疑惑はどうしても拭えなかった。

だが――もし思惑などないのだとしたら。

純粋に怪我を負い傷ついている人間に同情し、庇護《ひご》しようとしているだけなのだとしたら。

無償の好意を享受しておきながら斜に構え、なおかつ、か弱い女性である己の主人にこうして守られようとしている自分は、いったい何様だ……？

気がついた時には、ルードヴィクは男の手を振り払っていた。

「──私はご主人様の護衛だ」

(そういえば、俺が考えを改めたのはあの日からだったな)

「ん……」

小さく身じろぎする気配に視線を移すと、白い肩が上布からのぞいている。

力を入れれば簡単に折れてしまうだろうこの細い肩に担ってきたものは、自分が想像するよりはるかに重かったのではないだろうか。

あのジェイクとかいう男に絡まれた時、自分が捨て子だったと話すフランバニエの目には、たしかな怯《おび》えがあった。あれは間違いなく虐げられた者の目だ。

そっと上布をかけ直しながら考えるのは、街でのフランバニエの評判だ。

「店主、あまりにおかしいのでは？」

「唐突になんのことじゃ」

ある日フランバニエに代わりヤヌートの店にやって来たルードヴィクは、開口一番疑問をぶつけた。

一度気がついてしまえば、違和感はいたるところにあった。

たいていの人間はフランバニエに好意的だが、一部の人間は彼女の容姿に対する偏見や嫌悪感を隠そうとせず、むしろ攻撃的ですらある。

彼女がヤヌートの店にしか薬を卸さないのも、決まった店でしか買い物をしないのも、街へ行く時にわざわざ薬師のローブを着るのも、すべてはそのせいだったのかとルードヴィクはようやく理解したのだ。

だが、彼が一番不当に感じたのは、彼女の作るポーションのことだった。

「フランバニエ様は上級薬師ですよね。上級薬師が作るポーションにしては価格が安すぎます。なぜあの性能のポーションがこんなに安く売られているのですか」

今までどんなポーションを使っても無駄にしかならなかったルードヴィクの怪我が、こうして治ったのだ。フランバニエの作るポーションの性能がいいのは、自明の理だろう。

それなのに、ここではフランバニエのポーションは低級薬師と同等の価格で売られているのだ。これはセレンディアではありえない話だった。

ルードヴィクがジロリと睨《にら》むと、ヤヌートはガシガシと頭を掻《か》いた。

「そうじゃな。儂《わし》もお前さんの意見にまるっと同意だ。だがこれは根が深い問題でな。……お前さんはフランからユグナの話を聞いたことがあるか？」

「フランバニエ様を育てた女性ですよね。特級薬師の資格を持つ偉大な師匠だったと聞いてますが」

「ふん、ユグナが偉大じゃと？　あいつはセト一族の出自でな。立派な薬師というよりは、薬しか興味のない変人じゃったわい」

ヤヌート曰《いわ》く、今から四十年以上も前、ここトラキアはオルトワ共和国の中でも医療がひどく遅れた土地だったそうだ。それを憂いた先々代の領主がセト一族に頼み込んで派遣してもらった薬師が、ユグナ・セトだった。

彼女はとても行動的な女性だった。自ら調剤するだけでなく、精力的に後進となる薬師の育成に努め、なおかつ公衆衛生の大切さを説くことで、新生児の死亡率を下げることにも成功したのだ。

「だがな、ユグナは自分の懐のことはちいとも考えない奴でな。少しでも死亡率を下げようと、貧乏な人間でも買えるようポーションの値段をギリギリまで落としたんじゃ」

「待ってください。特級薬師だったのですよね？　特級薬師が作ったポーションの値段を下げたら、市場が混乱しませんか」

低級ポーションは大銀貨二枚、中級ポーションは金貨一枚、上級ポーションは金貨五枚という価格は、薬師協会によって定められた最低保障価格である。これはどこの国に行っても変わることはない。

だが、薬師の腕によってポーションの性能は変わるのだ。そこに多少の色が付くのは常識だ。

「この街にはユグナしか薬師がおらんし、そもそも金には困っとらんかったからできたことだろうな。だが、その割を食ったのがフランだ」

ユグナが死んだあと、フランバニエが薬師のあとを引き継いだ。だが、その時にもっとも困ったのがポーション代の設定だった。特級薬師だったユグナと同じ価格で売るのはおかしいと、非難されたのだ。

「元々貴族で、しかも特級薬師の恩給もあったユグナとフランでは事情がまったく違う。材料費だって昔より今のほうがずっと上がっとるんだ。だが、フランはあの容姿のせいで昔から苦労しとってな。それはお前も想像できるじゃろう」

「私にとってはとうてい許容できることではありませんが、この街ではあれが常識のようですね」

閉鎖的なこの街では、赤目白髪に対する忌避感は根深い。ゆえにユグナの得意先だった顧客の多くは、フランバニエが薬師を継いだ時に取り引きを拒否した。そんな中で残った数少ない顧客を失わないために、彼女はポーション代を下げざるを得なかったのだ。

「儂はたかが髪と瞳の色で人を差別するなんぞ、心底馬鹿げてると思っとる。ユグナも何度もそう言い聞かせとったし、ここに移住してきた住民や若い世代も同じ考えじゃろう。だがな、頭の固い連中はどこにでもいる。腹の立つことに、そんな石頭に育てられた子供もまた石頭なんだ。まったく、この街の連中はフランの価値を知らない馬鹿ばかりだ」

そこで大きく溜息をつくと、ヤヌートはジロリとルードヴィクを睨んだ。

「ところでお前、ジェイク相手に大立ち回りしたんだってな」

「大立ち回り、ですか？　なんのことでしょう」

空とぼけるルードヴィクを、ヤヌートは忌々しげに舌打ちした。

「ああ見えてジェイクはここの有力者の息子だ。あいつがフランにちょっかいを出しとったおかげで、若い連中の牽制《けんせい》になっとったんだぞ。面倒なことをしよってからに」

「ああ、なるほど。今まで彼に遠慮していた連中が、フランバニエ様に手を出す可能性があるというわけですか。ご忠告いたみいりますが、護衛として彼の態度を見過ごすことはできません」

ルードヴィクがきっぱり断言すると、ヤヌートは頭が痛いとばかりに首を振った。

「まったく、これ以上ことを荒立てるな。街の有力者は保守的な連中が多い。その子供世代は言わずもがなだ。まあ、儂の気にしすぎかもしれんが、フランのために用心するに越したことはないからな」

そんなヤヌートの危惧が現実のものとなったのは、それからすぐのことだった。


「おい、そこの奴隷」

ヤヌートの店から出た直後、待ち構えていたようにルードヴィクを呼び止めたのは、見知らぬ若い男たちだった。

「お前、この間ジェイクの奴とやりあったんだってな」

「なかなか見所があるって話してたところなんだよ。まあちょっとこっちに来い。奢《おご》ってやるからよ」

「……ああ」

男たちはやたら馴《な》れ馴れしい態度で肩を叩《たた》きながら、強引にルードヴィクをどこかに連れていこうとする。

少しでもこの街の情報が欲しかったルードヴィクは、敢えて男たちの思惑にのることにした。

連れていかれた路地裏にある大衆酒場は、まだ昼前だというのにすでに酔いつぶれた客が管を巻いている。ルードヴィクは用心しながらも、言われるまま男たちの間に座った。

「お前のおかげで俺たちも久しぶりにすっきりしたんだ。ほら、これは奢りだ。まあ飲めよ」

「俺たちもあいつの偉そうな態度には前から腹が立ってたんだ。なあ」

「まったくだ。親が金持ちだからって威張りやがってよ。それにただでさえ少ない若い女を根こそぎかっ攫《さら》っていきやがるんだ。腹が立つったらないぜ」

ルードヴィクの前に置かれた酒は、安酒場でよく飲まれる火酒の類いだろう。強い酒精の匂いに紛れてはいるが、彼の優れた嗅覚は混入された異物の存在を嗅ぎ取っていた。

(媚薬《びやく》か、もしくは興奮剤か……？　この身体には酒も薬も効かないが、少しは飲んだほうがこいつらの口も軽くなるだろう)

「こいつはありがたい。遠慮なくいただこう」

男たちがニヤニヤと目配せを交わすのを横目で見ながら、ルードヴィクはゆっくり杯に口を付けた。

それから相槌《あいづち》を打ちながら話を聞いたところ、男たちは生粋のオルトワ人のようだ。やれ仕事がない、やれ女がいないと、若い男にありがちな閉鎖的な地元に抱く不満を口々に零す。

彼らの話を聞きながら油断なく様子を探っていたルードヴィクは、男たちの目的を摑《つか》みかねていた。

（こいつらは酒に興奮剤を入れて、いったいなにをするつもりだ？　単なる嫌がらせならいいが、俺を前後不覚にしてその隙にフランバニエを強襲するつもりではないだろうな……？）

「……ところでよ、お前さん性奴隷なんだってな？」

一際声を落として男の一人がそんな質問を口にしたのを皮切りに、男たちの顔がぐっと近づいた。

「その片腕でどんなことをしてんのか、女を落とすテクニックってのを俺たちに教えてくれよ」

「そうそう。あの魔女が骨抜きになってんだろう？　あのなりで男好きだって噂《うわさ》だ。アソコの具合はどうなんだ？」

「よほどいいってんなら、たまには相手をしてやってもいいよな」

「お前、相当の物好きだな。いくら具合がよくったって俺はごめんだ。あんな女の夜の相手もしなきゃならないなんて、お前さんも不運だったな」

酒が回ってきたのか、男たちは下卑た笑みを浮かべながら明け透けな話をする。

相手が奴隷だからと侮っているのだろうが、酒の肴《さかな》に自分の主を貶《おとし》められて大人しく黙っているルードヴィクではない。

これ以上付き合う必要はないだろうと判断したルードヴィクが杯を一息に呷るのを見て、男たちは一斉に囃《はや》し立てた。

「こいつはいい飲みっぷりだな」

「なんだお前、いける口じゃねえか。気に入ったぜ。もっと飲めよ」

「そいつはありがたい。奴隷だと自由に酒も飲めなくてな」

「ハハハッ、これくらい俺たちがいつでも奢ってやるよ」

「なあ、昼間はなにをしてるんだ？　畑仕事か？　時間があるなら俺たちの仕事を手伝う気はないか？　いい金儲《もう》けがあるんだ」

「金儲けか。興味はあるがなかなか忙しくてな。畑の世話のほかに害獣の駆除もしてるんだ」

「片腕なのにたいしたもんだな。得物はなんだ？　罠《わな》猟か？」

「剣だ。今ではこんなふうになってしまったが、昔は剣の腕でちょっと知られていたんだ」

ルードヴィクがおどけたように欠けた腕を振ると、男たちはどっと笑った。

「だが、どうも以前の癖が抜けなくてな。習慣ってのはありがたい反面、困ることもあるな」

「へえ、昔の癖ってのはなんだ？」

興味深げに話の続きを促す男たちの前で、ルードヴィクは運ばれてきた新しい杯を自分の前に引き寄せた。

「昔は右利きだったから、咄嗟の時にはやはり右手が出るな。あとは……そうだな、昔受けた訓練のせいで、つい食べ物や飲み物に毒が入ってないか確認する癖はどうしても抜けないな」

「え……」

「お、おい、やばいぞ、バレてるんじゃないか？」

「訓練ってまさか」

顔色を悪くした男たちがコソコソと話すのを横目で見ながら、ルードヴィクは見せつけるようにゆっくり杯を呷った。

「これは岩蛇の毒と誘花の蜜か？　かなりの強壮効果が期待できる組み合わせだが、残念ながら私には効かなかったようだな。だが、悪くない酒だった」

青ざめる男たちを残し、そのまま酒場をあとにしたルードヴィクは気がついていなかった。

三度にわたる上級ポーションの服用で、ルードヴィクの身体が欠損部位以外は完璧に以前の肉体を取り戻していたことを。

そしてフランバニエとの規則正しい生活で健康になり、精神的にも安定したことで、男性機能のほうもしっかり回復していたことを――。

（まったくその可能性に思い至らなかったとは、我ながら情けないな）

ルードヴィクは苦笑しながら、静かに眠るフランバニエに視線を移した。

今までも、自分の右腕が健在であればと思ったことはある。

奴隷として役に立たないと言われた時、買い主からの理不尽な暴力を受けた時、何度自分が片腕なのを悔しく思ったかわからない。

だが、今日のように心の底から右腕があればと願ったことはなかった。

破瓜《はか》の瞬間、固く閉じた眦《まなじり》から流れ落ちた涙を拭う手がないことが、どれだけ口惜しかったか。

快楽に染まった顔で自分の名を呼び、縋《すが》り付くように伸ばした手を取りたいと、どれだけ願ったか。

両手であの細い腰を摑《つか》み、思うままに己の雄を突き立て啼《な》かせたいと、どれだけ渇望したか――。

（こんな青臭い感情はとっくに枯れ果てたと思っていたが……）

自分は奴隷で、しかもフランバニエよりずいぶん年上で、剣を振ることしか能のない男だ。そんな男が身分不相応にも彼女が欲しいと願うのは、間違っているだろうか。

二度と足を踏み入れることはないだろうと思っていた故郷、セレンディア。

そこに行けばエリクサーの材料が手に入るというならば、己がするべきことはただ一つ。

（フランバニエ様、俺があなたに相応しい男になれた時は、必ず……）

ルードヴィクは腕の中にフランバニエを閉じ込めると、その額に優しく口付けを落とした。

第四章　いつわりの夫婦

「フラン、こっちだ」

「あ、ありがとう、ルーク」

「気をつけろ。賑《にぎ》やかな場所は観光客を狙ったスリが多い」

「うん」

雑踏を歩いている最中にそっと肩を抱き寄せられて、内緒話でもするようにルードヴィクの顔が近づく。耳にかかる吐息を妙に意識してしまうのは私だけのようで、なんてことない顔をしたルードヴィクがちょっと恨めしい。

トラキアを出発してからおよそ二週間。途中で何度も馬車を乗り継ぎ、私たちは隣国レントにあるシェルガに到着した。

レントを縦断するセレン川沿いに栄えるこの街は、オルトワとセレンディアのほぼ中間に位置する。

予定では川を渡った向こう岸で街道へ続く馬車に乗り換えるはずだったけど、大雨の影響で現在渡し船は中止しているらしい。

自動的にこの街に滞在することになった私たちは、夕飯を食べようと雨の中、夜の街へ繰り出したところだった。

「お待たせしました！　奥さんには果実酒、旦那さんはエールですね。パンのお代わりは自由なので、足りなくなったら声をかけてください」

「ああ、ありがとう。じゃあフラン、乾杯しようか」

「ええ。道中の安全を祈って」

「女神セレンディアの加護がありますように」

すっかり慣れた乾杯の言葉を口にして、鮮やかな赤紫色の液体が揺れるグラスに口を付ける。ふわりと広がるのは甘く鮮烈な果実の香り。それから爽やかな酸味が口の中で弾ける。

まるでもぎたての果実に直接口を付けて飲んでいるようなみずみずしさに、思わず感嘆の声が漏れた。

「わ、これすごくおいしい！」

「気に入ったか？」

「ええ、とっても」

宿の人に教えられてやってきたのは、地元で人気の食堂だ。鮮やかなブルーのテーブルクロスがかけられたテーブルが並び、外は雨だというのに広い店内は賑やかな喧騒《けんそう》で溢《あふ》れていた。

「ここはとても人気があるんだな。大雨の影響でこの街の滞在客が増えていると聞いていたが、席が空いていてよかった」

「本当ね。こんな雨の中を並ぶのは大変だもの」

「おや、フランは私が大切な奥さんを雨の中、外に並ばせるような男だと思うのか？」

　膝の上に置いていた手が上からきゅっと握られて、意地悪そうな笑みを浮かべた顔が間近から覗《のぞ》き込む。

　一瞬で耳まで熱くなるのがわかった私は、咄嗟《とっさ》に顔を伏せた。

（うう、どうして夫婦のふりをしようなんて言っちゃったんだろう、私……！）

　セレンディアに行くにあたり、二人で話し合って旅の間は夫婦のふりをすると決めた。

　ルードヴィクが一緒だとはいえ、身分上は奴隷。奴隷持ちの女の一人旅だとわかれば、さまざまな危険が予想されるからだ。

　けれど、それがとてつもない試練だとわかったのは、出発した直後のことだった。

『ここからはフランと呼んだほうがいいだろう。俺のことはルークと呼んでくれ』

『……え？　あ、はい？　そ、そう、ですね？』

『なあフラン、俺たちは夫婦になったんだ。そんな他人行儀な喋《しゃべ》りかたはおかしいだろう？　もっと砕けた口調で話してくれ』

『う、うん。その……ガンバリマス』

トラキアを出る乗合馬車の中、馬車が走り出すなりそう告げたルードヴィクに、たっぷり三十秒は間を開けて返事をした私は悪くないと思う。

それからのルードヴィクは、それまでの慇懃無礼《いんぎんぶれい》な態度はなんだったのかと問い詰めたくなるほどの変化を遂げた。

さすがは元騎士というべきか、それともスパダリというべきか、とにかくむちゃくちゃ甘いのだ。

自慢じゃないけど、私は異性と交際経験がないどころか、知り合いだってろくにいない。だから熱の籠もった眼差しで常にじっと見つめられるのも、二人の間に隙間ができるのを惜しむかのようにピタリと寄り添われるのも、歩いている時は必ず手を握られるのも、隙あらば膝の上に座らせようとするのも、恥ずかしいけど夫婦の間では当たり前のことだと言われれば、そういうものだと受け入れていたのだ。

だけど……！

「どうした？　しっかり食べないと体力が保たないぞ。ほら、食べさせてやるから口を開けてごらん。あーん」

「ル、ルーク、恥ずかしいわ。自分で食べられるから……！」

「そうか？　それは残念だな」

口元に寄せられた、シェルガの名物だというチーズをお酒で伸ばしたディップを掬《すく》ったスプーンを前に、私は慌てて首を横に振る。

そんな私を見つめるルードヴィクがどこか楽しげなのも、周りのお客さんの目が妙に生温かいのも、絶対に私の気のせいだけではないと思う。

「フラン？　照れてないで熱いうちに食べよう」

「う、うん」

運ばれてきたのはバターソースがたっぷりかかった魚と、今日のおすすめだという鴨《かも》の赤ワイン煮込みだ。

まずは魚から口に運ぶ。これは鱒《ます》の一種だろうか。お皿からはみ出すほどの大きな魚はふっくらほくほく、塩気が絶妙だ。黄金色のバターソースと、まぶしてあるカリカリに焼かれたアーモンドがとても香ばしい。

「川魚ってこんなにおいしかったのね。どうやったら臭みがなくなるのかしら」

私も近所の川で魚を釣って焼くことはあったけど、どうやっても泥臭さが抜けなくて、今までどちらかというと苦手だったのだ。

「川の水質が違うのもあるが、釣ったあと餌をやらずにしばらく綺麗《きれい》な水に放しておくといいらしい。それで泥臭さがかなり抜けると聞いたことがある。気に入ったならもっと食べるといい。一番おいしい所を取り分けてやろう」

「わ、ありがとう」

ルードヴィクが取り分けてくれている間に、私は鴨肉のお皿にナイフを入れる。

まずは大きな骨を外し、それから食べやすいように一口大に切り分けてから、たっぷりソースをかけてルードヴィクに渡す。どっしりした骨付きのもも肉は、見るからに脂がのっていて艶々だ。

「鴨は好物でしょう？　いっぱい食べてね」

「お、嬉《うれ》しいな。ありがとう。フランはいつも優しいな。惚れ直してしまいそうだ」

「わ、私は優しくなんか……もう、そんなことより、冷めないうちに食べましょうよ」

蕩けるような甘い笑みで見つめるルードヴィクの視線が居たたまれなくて、私は慌てて自分のお皿にナイフを入れた。

「……ん！　おいしい……！」

この季節の鴨肉は味が濃厚で、噛《か》みしめるごとに肉の旨みが口に広がる。赤ワインソースとの相性もばっちりで、お腹はすでに満腹に近いのに、いくらでも食べられそうなのが恐ろしい。

「私、トラキアでは外食する機会がなかったんだけど、今まですごく損してたんじゃないかしら」

「いや、ここまでうまい店はなかなかないぞ。それにこの鴨は特に絶品だ。これならもう一皿あっても余裕で食べられそうだ」

笑いながらそんなことを話していると、赤ワインの瓶とグラスがテーブルに置かれた。

「こちらは鴨に使われているのと同じ赤ワインです。店長が仲のいい新婚さんにどうぞって」

ニコニコと笑う店員の視線を追って後ろを振り返ると、厨房《ちゅうぼう》から店長らしき人が手を振っているのが見える。私は思わずペコリと頭を下げた。

「それは嬉しいな。ありがたくいただこう。ただ、妻は酒に弱いので、こっちの瓶は持ち帰って部屋でゆっくり飲みたい。かまわないだろうか」

「もちろんです。お持ち帰りいただけるよう準備してきますね」

「ああ、頼む。店長にも礼を伝えてくれ」

店員が厨房に戻っていくと、ルードヴィクは顔を近づけて声をひそめた。

「せっかくだから部屋でゆっくり楽しもうか。フランがいくら酔っても大丈夫なように」

「う、うん」

怪しげな雰囲気を醸し出すルードヴィクにドキドキしながら、私は曖昧に笑う。

(すごく仲がいいように見えてるんだろうけど、本当は違うのよね……はあ)

宿に戻ったあとのことを想像した私は、誰にも気づかれないようそっと溜息《ためいき》をついた。

✽　✽　✽

……ハッ……ハッ……ハッ……ハッ……。

誰もがみな寝静まった深夜、窓から入る街燈《がいとう》の明かりが律動を繰り返す逞《たくま》しい身体を照らす。

上下の運動を繰り返す肉体を支えているのは、ピンと張り詰めた筋肉を持つ左手のみ。

暗闇の中、汗のヴェールを纏《まと》った身体が蠢《うごめ》くさまはどこか淫靡《いんび》で、私はシーツの中から息を詰めてその行為を見守る。

「……ね、ルーク、もう……」

「……ッ、フランバニエ、様、もう少しの間だけ……許していただけませんか」

「でも……ルークも疲れてるのに……」

「大丈夫、です……から……ッ」

旅に出てからこんなやりとりを何度繰り返しただろう。

寝る前の恒例行事となっているルードヴィクの片腕立て伏せをする姿を眺めながら、私はベッドの中で溜息をついた。


昼の間は新婚夫婦の夫として甲斐甲斐《かいがい》しく尽くしてくれるルードヴィクは、宿の部屋に入ると一転、以前と同じ主と奴隷という関係に戻ってしまう。

忘れもしない、あれは旅に出た初日のことだ。

初めての同室、しかも初めて迎える夜ということで、緊張しながら宿の部屋に入った私を待っていたのは、神妙な面持ちで頭を下げるルードヴィクの姿だった。

『ええと……どうかしたの？』

前にも同じような光景を見た覚えがあるな、なんて遠い目をしつつ尋ねると、ルードヴィクはさらに深く頭を下げた。

『フランバニエ様、芝居とはいえ昼間の失礼な振る舞いの数々、大変申し訳ありませんでした。どうかお許しください』

『待ってルーク、それは謝ることじゃないと思うの。だって、夫婦のふりをするのは二人で決めたことでしょう？』

『ですが私はただの奴隷です。奴隷の身分でご主人様に旅行を強請り、しかも夫婦のふりをして同室で休むなど、普通はありえない行為です。せめて部屋の中ではけじめを付けさせてください』

『けじめ……？』

ルードヴィクが言う「けじめ」がどういうものかは、すぐにわかった。

昼間はあれだけ甘いルードヴィクは、部屋に入った途端に以前とまったく同じに戻ってしまうのだ。

呼びかたしかり、接しかたしかり。寝る時だって、ルードヴィクは扉の前の床に自分のマントを敷いて、さっさと横になってしまう。

つまり私たちはベッドを共にすることはもちろん、キスはおろか、部屋では手すら握っていないのだ。

（完璧に切り替えができるルードヴィクは純粋にすごいと思うけど、それが虚しいと感じてるのは私だけなのかな……）

心の隙間を狙ったかのように溢れ出す不満に、私は慌てて蓋をする。

（せめて旅行の間くらい仲良くしたかったけど……それすらも私には高望みなのかも）

脇目もふらず熱心に筋トレを続けるルードヴィクを眺めながら、私は再び溜息をつく。

むっとするような熱気に包まれた薄暗い部屋は、ルークの吐き出す荒い息の音だけが満ちていた。


「フラン、顔色が悪いな。寝不足か？」

「ううん、大丈夫」

朝食を終えた席で欠伸をしている最中に話しかけられて、大きく開いた口を慌てて閉じる。

まさかあなたの筋トレが気になって寝不足になってるなんて、口が裂けても言えるわけがない。私は曖昧な笑みを浮かべたまま、首を横に振った。

シェルガに到着して三日。一向に止まない雨に、私たちのようなセレン川を横断する予定の旅行客は、ここでの滞在を余儀なくされている。

宿の人曰《いわ》く、この季節にこんなに雨が続くのは珍しいらしい。窓から見える普段は透明な水を湛《たた》えているはずのセレン川も、今はごうごうと音を立てて流れる土色の濁流に姿を変えていた。

「……それにしても船はいつ再開するのか。早くしないと積んでる荷が悪くなっちまう。

なんとかならんもんか」

「渡し船の船員に怪我人が出てるから中止しとると聞いたぞ。上流まで行ったらどうだ」

「それはやめておいたほうがいい。俺の聞いた話じゃあ、上流は橋が流されて大変なことになってるそうだ。あとこれは噂《うわさ》だが、今年はもう流行り病が出てるらしい」

「それは本当か？　この時期に流行り病とは厄介だな。近づかないほうがよさそうだ」

「迂回《うかい》しようと思ったが、こりゃあ船の再開を待つしかなさそうだな……」

季節は初冬。山間部ではそろそろ雪が降ってもおかしくない季節に川が氾濫だなんて、被害にあった人たちはどれだけ大変だろう。

前世の知識では、洪水のあとは感染症などの病気が発生しやすいというデータがあった。今世でも婆様から似た話を聞いたことがある。

(流行り病か。腹下しの薬に熱冷まし……あとは炎症止めも必要かしら)

「……フラン、フラン？」

聞くともなしに滞在客の会話に耳を傾けていた私は、ルードヴィクの咳払《せきばら》いではっと我に返った。

「ご、ごめんなさい。ええと、なんの話だったかしら」

「いや、たいしたことじゃない。食事が終わったなら部屋に戻ろうと言っただけだ。それより、なにか気になることでもあったのか？」

「気になるって言うか……この季節の大雨ってオルトワではあまり聞いたことがなかった

から」

ルードヴィクも同じことを考えていたのか、険しい顔をして頷《うなず》いた。

「たしかにこの時期にしては珍しいな。場合によってはシェルガの滞在は長引くかもしれない。俺たちもその心積もりをしておいたほうがいいだろう」

「そうね」

窓から見える外は朝だというのに外は薄暗く、ガラスに叩《たた》きつける雨で歪《ゆが》んで見える鈍色の空が、いかにも不安を誘う。

ルードヴィクにエスコートされるまま席を立ちながら、私は心の中で溜息をつく。

(なにか私にできることがあればいいんだけど……)

「ね、ルーク、私」

「チッ、色無しが」

すれ違いざまに吐き捨てられた言葉に、一瞬で身体が強張る。咄嗟に顔を伏せた私の横を通り過ぎていったのは、見たことのない年配の男性二人組だった。

(新しく来た宿泊客かしら。はあ……油断した)

ここしばらくそういった類いの視線を向けられることはなかったから、気を抜いていた。隣にルードヴィクがいたから安心しきっていたのもある。

(……私、こんなに弱くなかったと思うんだけどな)

驚きでまだドキドキする胸を押さえながら、私は苦笑いした。

旅に出てわかったことがある。

赤目白髪への偏見は、オルトワを離れるとほとんど感じない。

そもそも、オッドアイやグラデーションカラーになった髪の人だって普通にいる世界だ。私程度の外見で驚く人はまずいない。むしろ赤目白髪という外見だけであそこまで差別するオルトワ人のほうが、珍しいかもしれない。

前世の記憶を取り戻すまで、私はいつも婆様の後ろに隠れている子供だった。

街の人が私を見る目が怖い。

いつも誰かが私の悪口を言っているようで怖い。

すれ違いざまに髪を引っ張られたり、わざとぶつかってきたりするのが怖い。

この世界のすべてが自分に悪意をぶつけてくるように思えて、とにかくこの世のすべてが怖くて、家に閉じこもっているような子供だった。

そんな私が変わったのは、ここがアンストの世界だと気がついてからだ。

それまではトラキアしか知らなかった私が、ほかの国どころかほかの世界があることを知ったのだ。目から鱗《うろこ》とは、まさにあの時のことだったと思う。

婆様の後ろから出た私は、理不尽な物言いや態度には自分なりに抗議するようになった。

赤目白髪は女神様がつけた罪人の印ではなく、たまたまそうなっただけ。だから、私はなにも悪くない。

私が嫌いならそれでいい。でも、私は自分のことを虐める人とは仲良くしたくない、と。

私の変化を一番喜んだのは、ほかでもない婆様だった。

婆様は私が自分の意見を言うようになったことを本当に喜んでくれて――まるで安心して気が抜けたかのように、あっという間に身体を悪くして逝ってしまった。

いくらここが魔法がある世界で、ポーションやエリクサーがあったとしても、人間は自然の摂理の前には無力だ。老衰を止めることは王様や魔法使いだってできない。

眠るように息を引き取った婆様の最後は、それは安らかな顔をしていた。この世界で八十を超えたのだから、大往生と言っていいだろう。

でも、薬師として私はもっとなにかできることがあったんじゃないかって、当時はすごく落ち込んだものだ。

だから、私を引き取らなければもっと長生きできたのではと言われた時は、さすがにショックでなにも言い返せなくて――。

「フラン、どうかしたか？」

足を止めた私を不思議そうに覗き込むルードヴィクに、私はなんでもないと笑って首を横に振った。

「それより、この街で薬を扱ってるお店に行ってみたいの。付き合ってもらえるかしら」

「薬屋に用があるのか？」

「ええ。私の薬が売れないか、ちょっと調べてみようと思って」

「ああ、ここみたいだな」

雨の中やってきたのは、この街で一番品揃《しなぞろ》えがいいと宿の人に教えてもらった店だ。

三階建ての建物はまるで高級店のような店構えで、私のような田舎者にはちょっと敷居が高い。

「いらっしゃいませ」

人のよさそうな店員に軽く頭を下げ店の中に入ると、真っ先に目に付いたのは大きなカウンターで仕切られた奥の陳列棚だ。手に取ることができないのではっきりわからないけど、並んでいる品はどれも私の作るものと品質の差はないように見える。ただし、値段を除いての話だけど。

「ずいぶん高いな。これはよほど品質がいいのか？」

「品質はよさそうだけど、低級ポーションでもトラキアの五倍もするのはちょっと……」

低級ポーションすら金貨が必要とは、いくらなんでも高すぎる。これでは金持ちはともかく、普通の客には手が出ないのではないだろうか。

世の中には不当に高く薬やポーションを売る店がある。独占して高値で転売したり、混ぜ物や薄めたポーションを売ったりしている店すら珍しくないのだ。

（この店がそうだっていう可能性もあるけど……）

そんなことをルードヴィクと小声で話していると、先ほどの店員が声をかけてきた。

「お客様、今日はなにをお探しで？」

「ええと、その、ポーションを見に来たんですが」

「大雨の影響でシェルガの滞在が長引きそうなんだ。念のためにポーションを仕入れに来たんだが、おたくはいつもこの値段なのか？」

言外に高すぎるとルードヴィクが不満を伝えると、店員は申し訳なさそうに眉を下げた。

「実はこの雨の影響でポーションや薬類が不足しておりまして、一時的にこの価格になっております。船の運航が戻れば値段も下げられるんですが」

店員によると、ポーションの原料となる薬草はセレン川の船で運搬されているそうだ。それが雨で船が止まったことですべての物流が止まってしまい、とどめとなったのが上流での流行り病の発生だ。現在シェルガとその周辺地域は、薬やポーションはもちろん材料となる薬草もすべて不足しているらしい。

「つまりこれは一時的な価格なんだな？」

「はい。普段は薬師商会が定めた価格で販売しております。正直なところ、今は住民への供給が優先で、滞在客までは薬を回す余裕がないんです。こうでもしないと外からきたお客様に買い占められかねないので」

店員の口ぶりからすると、外から来ている人間と地元の住人では、金額に差を付けて売っているようだ。

（でも、それって普通ならわざわざ言わなくてもいいことよね。もしかして、このお店ってものすごく良心的なのでは……？）

チラリと隣のルードヴィクを見ると、どうやら同じ考えのようだ。軽く頷くのを見て、私は少し迷ってから話を切り出した。

「あの、こちらでは薬の買い取りはしていますか？」

私の問いかけに、店員は驚いたように目を瞬かせた。

「おや、お客様は薬師でいらっしゃいましたか。こんな状況ですからね。今は新人薬師の薬も買い取りますよ。ただし、正規の鑑定はさせていただきますが」

「今日は持ってきていないので、明日また来ます。ポーションと腹下しに熱冷まし、炎症止めの薬でいいですか？」

「どんな薬でも大歓迎ですよ。それでは明日、お待ちしております」

今回の旅の間、私は時間があれば薬を作り、ほんの少量でも滞在先で売るようにしている。

高価なポーションに比べて薬は安価なため庶民でも手に入れやすく、需要が高い。けれど場所によっては薬師がおらず、粗悪な薬が高額で取り引きされることも少なくない。少しでも多くの人に質のいい薬を届けることは、婆様から教わった薬師の心得でもあるのだ。

……まあ、路銀の足しになればという魂胆もちょっと……だいぶあることは認めるけど。

「フランバニエ様、先ほどから溜息が多いようですが、どうかしましたか」

「え？　……あ！」

そんなことを考えながらゴリゴリと薬種を潰していた私は、ルードヴィクの声にハッと手を止めた。

見れば乳鉢の中にある薬種はすっかり粉末状になってしまっている。これは粒が残るくらい粗く潰せば十分だったのに。私は遠い目になりながら、持っていた乳棒を机に置いた。

「ごめんなさい。私、そんなにうるさかった？」

「いいえ。ですが、今日の作業は終わりにして、ワインでも飲みませんか」

「ワイン？」

いつの間に用意したのか、食堂で使うようなワゴンの上にはワインの瓶とグラス、ちょっとしたおつまみまでのっている。

よほど私が不思議そうな顔をしていたのか、ルードヴィクは苦笑しながら食堂で頼んで用意してもらったと教えてくれた。

「お節介かもしれませんが、どうやら作業が煮詰まっているように見えます。疲れもあるでしょうし、今日くらいはお酒を飲んでゆっくりしてはいかがですか」

いつもなら、ルードヴィクは私が調剤している間は決して話さない。邪魔にならないよう、息を詰めるようにしてじっと作業を見守っていることがほとんどだ。

それが今日はどうしたんだろう。珍しく強引な様子に目を瞬かせている間に、ルードヴィクはグラスにワインを注いで私に持たせせた。

「では、明日の取り引きの成功と、一日も早い天候の回復を願って乾杯しましょう」

「ええと……じゃあ、女神様のご加護がありますように」

なかば強引に合わせたグラスに、首を傾げながら口を付ける。

鮮やかなルビー色の赤ワインは、口に含むと完熟した果実の甘い香りがふわりと鼻を抜ける。口当たりのいい味についニ口、三口と続けて飲むと、喉の奥が小さな火が灯されたように熱くなった。

「わ、おいしい……。これはあの食堂でもらったワイン？」

「そうです。あの店の店長は、ずいぶん甘口のワインを選んでくれたようですね。お口に合いましたか？」

コクコクと頷いて返すと、翡翠色《ジェイドグリーン》の瞳が満足げに細められた。

「フランバニエ様はすっかりお酒に慣れましたね。最初は一口で顔を真っ赤にしてたのに」

「それは……今まであまりお酒は飲んだことがなかったから」

婆様は一切お酒を飲まない人だった。いつ患者が訪ねてくるかわからないからと私には言っていたけど、本当は下戸だったんだと思う。だから家にあるお酒は傷口を消毒するものと、あとは薬酒用の強い酒精しかなかった。

ちなみに婆様特製の薬酒は、一口目は甘く感じるのにあとから強烈な苦みが追いかけてくるという、まさに良薬は口に苦しを体現したお酒だったことを言い添えておく。

「でも、これは甘くてすごく飲みやすいわ。いくらでも飲めちゃいそう」

グラスを両手で包むようにしてもう一口飲むと、ルードヴィクはなぜか急に険しい顔になった。

「フランバニエ様、甘い酒で女性を酔わせるのは悪い男の常套《じょうとう》手段です。よく覚えておいてください」

「つまり、甘いワインを勧めるルークも悪い男ってこと？」

「私は奴隷ですから問題外です。とにかく、男が甘い酒を勧める時は下心があると考えたほうがいい」

「ふふ、気をつけます」

私は笑いながら再びグラスを傾ける。

眉間に皺《しわ》を寄せたルードヴィクはいつもの筋トレを終えたあとなのか、シャツの前を大きく開けたラフな格好だ。はだけたシャツからチラリとのぞく、汗の名残が残る胸元が壮絶に色っぽい。

(そういえば、こんなふうに二人きりで飲むのって初めてかも)

密室での男女二人きりでのサシ飲み。しかも相手は妙に色っぽい薄着だ。

(もしかしてこれはなにか始まっちゃう予感……？　ううん、相手はルードヴィクだもの。そんなことありえないわ。でも……)

そう意識した途端、心臓がやたらとうるさく音を立てはじめるのがわかった。

「……ところでフランバニエ様。最近あまり眠れていないのではありませんか？」

「はい？　え？　ど、どうしたの、急に。そんなことないけど」

「気がついてないのですか？　ひどい隈《くま》です」

唐突な質問に目を瞬かせると、ルードヴィクは手を伸ばして私の目の下を擦った。

「正直に教えてください。私はフランバニエ様になにかしてしまいましたか？」

「なにかって、別になにもされてないわ。どうしてそう思ったの？」

「フランバニエ様は不満があっても教えてくださらないので、不安なのです。……私はそんなに信用できませんか？」

まるで叱られた犬のような眉を下げた表情に、私は慌てて首を振った。

「そんなことない。ルークのことはとても頼りにしてるもの。信用できないなんてありえないわ」

「では、眠れない理由を教えていただけますね」

「それは、その……」

いつの間に椅子を動かしたのか、ルードヴィクは肩が触れあうほどの距離からじっと私を見つめている。チラリとなにかが見えてしまいそうな胸元から慌てて目を逸らすと、ルードヴィクは悲しげに眉を下げた。

「私を見ていたくないほど、嫌われてしまったんでしょうか」

「ち、ちがうわ！　そうじゃなくて、その……私がお願いを口にすると、奴隷紋が働いてしまうでしょう？　私が気がつかないうちに無理強いしてたらと怖くて。……だから言いたくないっていうか」

ルードヴィクが媚薬《びやく》で苦しんでいた時、意図せず「命令」してしまったことがあった。その時の苦しそうな表情が忘れられなくて、それからはささいなことでも吟味して話すようにしている。

「奴隷紋による警告はとても痛いって聞いたわ。私、ルードヴィクに痛い思いはさせたくないの」

「……はあ、そんなことですか」

ルードヴィクは呆《あき》れたように大きく息を吐くと天井を見上げ、ガシガシと頭を掻《か》いた。

「そんなことって、ひどい！　私は本当にルークのことが心配なのに！」

「お待ちください。どうやらフランバニエ様は奴隷紋について正確に理解していないようだ。そもそも奴隷紋が発動するのは、魔力で命じた時だけです」

「魔力で命じる？」

私の頭の中がクエスチョンマークでいっぱいになったのがわかったのか、ルードヴィクは奴隷紋について詳しく説明してくれた。

そもそも奴隷紋とは、主人に逆らわないように制約するための印である。その発動条件は、奴隷主の魔力だ。

「奴隷商館で契約した時のことを覚えていますか？　フランバニエ様の血を混ぜたインクでサインしたことで、私の奴隷紋が光ったでしょう。あれは血液に含まれる魔力が媒体となって、契約が成立したのです。つまり、奴隷に命令する時はあれと同等か、それ以上の魔力が必要なんです」

「そうなの？」

「あの時、奴隷商が『警告』がきちんと発動するか試すよう言ったでしょう。あれは、魔力で『命令』することがどういうものか、教える意味もあったのですよ」

「そうだったんだ……」

つまりあの時、私は必死になるあまり、無意識のうちに魔力を使っていたらしい。

「それを踏まえて言いますが、今まで私の胸にある奴隷紋が反応したのは二回、私が媚薬でおかしくなった時だけです。さらに言わせてもらえば、あの時は命令に抵抗していなかったので、痛みはまったく感じておりません」

「で、でも、あの時のルードヴィクは、すごく辛そうな表情をしてたじゃない」

「あれは暴発しそうになるのを必死で抑えようとしていたから、ああいう顔になったんです」

「暴発って？」

「あの時の私の状態をよく思い出してください。媚薬のせいでおかしくなっていたのに、さらに奴隷紋で命令されたんです。本能のまま獣のように襲いかかりそうになるのを、私がどれだけ苦労して抑えていたかわかりますか？」

「本能のまま……獣……そ、そうだったんだ」

「そもそも普通のお願い程度で奴隷紋が反応していたら、こちらの身体が保ちませんよ。そこまでご理解した上で、どうして眠れないのか教えていただけますか？」

翡翠色の瞳がまっすぐ私を射貫くように見つめる。さっきより近づいた距離が、視線を逸らすことを許してくれない。ワインを飲んで誤魔化そうとグラスに伸ばした手は、上から重なったルードヴィクの手で動かせなくなった。

「フランバニエ様――フラン？」

甘く、恋人みたいに名前を呼ばれたら、もう抗うすべはない。私は観念して白旗をあげた。

「私……私ね、寂しくて」

ルードヴィクと身体を繋《つな》げた日から、本当はずっと不安だった。

あれは媚薬のせいで一時的な感情だったんじゃないか。

奴隷紋のせいで、私が無理矢理行為を命令してしまったんじゃないか。

あまり考えたくないけど、奴隷から解放されたいがために、私のことを利用してるんじゃないか……。

そんなふうにルードヴィクを疑ってしまう自分も、すごく嫌だった。

「ルークは昼間はあんなに優しくしてくれるのに、夜になると敬語に戻っちゃうし、ちっとも触れてくれないし」

口に出して気が緩んだからだろうか。不意に胸の奥から熱いものが込み上げてくるのがわかった。

「鍛錬が終わるとすぐに寝ちゃうし、私を見てもくれないし、前よりずっと距離があるみたいで、だから本当は嫌われてるんじゃないかって、ずっと怖くて」

ポロリと零れた一粒の雫《しずく》は、やがて途切れず流れ落ちる涙に変わる。

「フラン、あなたに触れても？」

コクリと頷くと、ルードヴィクは指で頬の涙を優しく拭った。

「申し訳ありません。私の態度がフランを傷つけていたんですね。本当は私もこうしてあなたに触れたかった。ですが、自制が効かなくなりそうで自信がなかったんです」

「ルーク……」

ぐずぐずと鼻を鳴らして泣き出した私を、ルードヴィクはそっと抱きしめた。

「お願いです。もう泣かないでください。フランに泣かれると私も辛い」

頭の上から聞こえてくる困りきった声が珍しくて、こんな時なのにちょっと笑ってしまう。胸に顔を押し付けたまま肩を震わす私を勘違いしたのか、ルードヴィクはあやすように私の背中を撫《な》でた。

「参ったな。ねえフラン、どうしたら泣き止んでくれますか？　私はどうすればいい？」

「……私がなにか『お願い』しても、本当に命令にならない？」

「もちろんです」

私は顔をあげてルードヴィクをじっと見つめた。

「あのね、今みたいに二人でいる時も、昼と同じように接してほしいの。……それは駄目？」

振り絞るような声で告げた私の言葉に、はじめルードヴィクは驚いたように目を瞠《みは》った。それからゆっくり唇が弧を描き、顔全体に浸透していくように笑みが深まった。

「そんなことでしたら喜んで。ほかにもなにかありませんか？」

無言のままフルフルと頭を振ると、ルードヴィクは片手で私を抱き上げ、自分の膝の上に乗せた。

「まったく、フランがこんなに泣き上戸の甘えん坊になるとは思いませんでした」

喉の奥で笑っているのか、頭を預けた肩から軽い振動が伝わってくる。それが心地よくて、私はうっとり目を瞑った。

「フランはお酒を飲んだ時の自分の顔を知ってますか？」

なぜそんなことを聞くんだろう。頭を肩に預けたまま首を振ると、大きな手が優しく髪を梳《す》いた。

「熟れた果実のような頬に、潤んだ瞳。それにほら、首も真っ赤だ」

「ン……ッ」

髪を梳いていた手がうなじに触れ、それから背骨を辿《たど》るように背中を撫でる。くすぐったくてたまらずルードヴィクの首に手を回してしがみつくと、耳に熱い吐息が触れた。

「どこまで赤くなっているのか暴きたくなりますね。……とても煽情《せんじょう》的だ」

「や……ん」

からかうような、愉悦を含んだ低い声。そんな声が耳元で響くことすらくすぐったくて、私はいやいやと頭を振る。すると、ルードヴィクは私を抱き上げてベッドに寝かせた。

お酒のせいか、それともルードヴィクと話して安心したせいか、あっという間に訪れた気持ちのいい眠りの狭間で、私の意識はユラユラとたゆたう。

「ん……ルーク……どこにも、いかないで……」

「……まったく、次は容赦しませんからね。覚悟しておいてください」

だから、眠りに落ちる間際にそんな言葉が聞こえたのは、私の都合のいい夢だったのかもしれない。

そんなことを考えながら、私は久しぶりの心地よい眠気に意識を手放した。

「ではこちらの三種類のポーションと薬包は、すべて買い取らせていただいて本当によろしいんですね？」

「ええ。そうしていただけると助かります」

翌日、私たちは再び昨日のお店を訪れていた。

用意したのは各種ポーションが十本ずつに、腹下し止めに熱冷まし、炎症止めを三十包ずつだ。

まず私が着ている濃紺のローブを見て驚き、そして渡した薬一式を見てますます驚いた顔になった店員は、鑑定の結果を見てさらに驚いた顔になったのが印象的だった。

「まいどありがとうございました。またのご来店を心よりお待ちしています」

何度も頭を下げる店員に別れを告げ店を出た私たちは、しばらく歩いたところで顔を見合わせた。

「あの店員、とても喜んでいたな」

「本当ね。あんなに喜んでくれるなんて思わなかったわ」

「そりゃあフランの薬を喜ばない奴はいないだろう。上級薬師のローブを見てずいぶん驚いていたしな」

「ふふ、私のこと新人薬師だと思ってたみたいだものね」

まるでタイミングを合わせたように同時に笑いが零れて、それすらもおかしくて、私たちは声を出して笑った。

「そういえば、宿の食堂でもフランのローブ姿がずいぶん注目を集めていたな」

そう言ってルードヴィクはなぜかニヤリと悪そうな笑みを浮かべる。

今朝、二人で食堂に朝食を食べにいった時のことだ。上級薬師のローブが珍しかったのか、何人もの宿泊客に声をかけられたのだ。あまりにも話しかけてくる人が多かったものだから、途中で断って宿を出てきたのだけど、その中には昨日すれ違いざまに舌打ちしてきた男たちもいて……そういえばルードヴィクとなにか話していたようだったけど、あれはなんだったんだろう。

「びっくりしたわね。上級薬師ってそんなに珍しいのかしら」

「気づいていなかったようだが、フランは美人だから元々注目されていたんだぞ？　それが上級薬師だとわかったんだ。みなお近づきになりたかったんだろう」

「ええと、それは贔屓目《ひいきめ》っていうか、ちょっと大袈裟《おおげさ》だと思うけど……」

「お、フラン、上を見てみろ」

「上？　……あ！」

いつの間に雨が止んだのか、分厚い雲の切れ間からわずかに光が差している。しばらく眺めている間に、鈍色の空はやがて綺麗《きれい》な青空に変わった。

「綺麗……雨が止んだのね」

「ああ。このぶんだと、うまくいけば明日には船が出るかもしれないな」

「まあ！　じゃあ荷物の準備をしておいたほうがいいわよね。ルーク、急いで宿に戻りましょうよ」

「そうだな。シェルガを出る支度をしよう」

第五章　セレンディア

シェルガを出てからは特に問題もなく、旅は極めて順調に進んだ。

いつわりとはいえ、仲のいい新婚夫婦として過ごす日々はなにもかもが楽しくて、このままずっと旅が続けばいいのにと願ってしまうほど、終わるのが惜しかった。

そして家を出発してからおよそ一ヶ月、私たちはとうとうセレンディアに到着した。

「……ああ、空気が違うな」

「空気？」

「セレンディアは山からの吹き下ろしが強く、冬場は特に空気が乾いているんだ。住んでいる時は特になにも思わなかったが……」

馬車から降りる私に手を差し出しながら、ルードヴィクはどこか懐かしそうに目を細める。たしかに頬を撫《な》でる風はトラキアよりずっと冷たく感じ、私はマントの前を強くかき合わせた。

アンストの舞台となるセレンディア神国は、小高い丘に立つ白亜の神殿を中心に市街地が広がる。整然とした街並みは世界一美しいと称され、年間を通して世界中から巡礼者が訪れる国でもある。

「わぁ……すごく華やかね。この飾り付けはなにかしら」

「ああ、これは新年を迎える飾り付けだ。女神セレンディアの瞳の色である虹色を使って家を飾る習わしがあるんだ」

各家の扉には、虹色の花が編み込まれたリースが飾られている。まるで前世にあったクリスマスのリースのようで、とても可愛らしい。もしかしたらこれは、過去に降臨した神子様から伝わった習慣なのかもしれない。

お上りさん丸出しでキョロキョロする私を、ルードヴィクは仕方ないといった表情で苦笑した。

「セレンディアでは新年を祝う神殿行事があるから、この季節は特に巡礼者が多いんだ。俺を覚えている人間がいるとは思わないが、万が一騒がれると面倒だからな。できるだけ神殿から離れた場所に宿を取ろう。フランはそれでいいか？」

「それはもちろんかまわないけど……大丈夫なの」

私の不安がわかったのか、ルードヴィクは深く被ったフードをちょっと持ち上げてみせた。

「俺たちは悪いことをしに来たんじゃない。念のため用心しているだけだから心配いらないよ。それに、神殿から離れたほうが宿代も少し安くなるはずだ。そのぶん食事が評判の宿を探そう」

「ええ」

その後、いくつも宿を回った私たちは、最終的に裏路地にある老夫婦が営む小さな宿に滞在することに決めた。

宿の人が寝静まった夜更け、私とルードヴィクは部屋にある小さなテーブルに向かい合って座っていた。

「では、今後の作戦を決めておきましょう」

「紹介状でもない限り、一般人が聖騎士と繋《つな》ぎをとることはまず不可能です。なので、巡礼者を装って神殿に行ってみようと思います」

新年に行われる神殿行事には、世界各国から要人が招かれる。要人の警護には当然聖騎士が付くため、この時期は警備の下見で参拝者のいる場所を巡回しているらしい。うまくその時に居合わすことができれば、かつての知り合いに会えるかもしれない、というのがルードヴィクの立てた計画だ。

「私がいた時から十年近く経っているので、聖騎士もだいぶさま変わりしているでしょう。ですが、探せば何人かは私の顔を知る人間がいると思うのです。不確定要素が多い上、運任せなので時間はかかると思いますが、現時点で思いつく手立てはそれくらいしかありません」

「ルークの家には頼れないの？　以前とは違って怪我の痕もないから、一目見ればあなたが本当にルードヴィク・オルブライトだってわかると思うんだけど」

　私の質問に、ルードヴィクは苦々しげに頭を横に振った。

「貴族の屋敷に約束なしに突然訪ねても、門前払いされるのがおちでしょう。顔を似せる手立てはいくらでもありますしね。宿の人間に頼んで知り合いに手紙を送ってはありますが、左手なので当時とは筆跡が違います。どう判断されるかわかりませんが、微妙でしょうね」

　ルードヴィク曰《いわ》く、貴族の屋敷には毎日大量の手紙が届くものらしい。茶会や夜会の招待状をはじめ、出入りの商人からのご機嫌うかがいや営業の手紙、さらには各種請求書等の事務的な手紙まで、それが当主夫妻とその家族にそれぞれ宛てに届くのだ。軽く百通は超えるのではと聞いて、さすがはお貴族様だと妙なところで感心してしまう。

　届いた手紙は家令が篩《ふるい》にかけるのだけど、軽く読んだだけで処分されてしまう手紙も少なくないのだとか。

「というわけで、私はしばらく神殿に通い詰めになることが予想されます。フランバニエ様はなにかしたいことや行きたい場所はありますか？　もしなにかあれば、そちらの予定を優先させますが」

「うーん、せっかくだから神殿は行ってみたいけど、それくらいかしら。私は一人で大丈夫だから、ルークは自分のやるべきことを優先してほしいわ」

　私の言葉を吟味するかのように考え込んでいたルードヴィクは、しばらくすると神妙なに甘えさせていただきます」


面持ちで頭を下げた。

「……本来ならば主であるフランバニエ様を一人にするなど言語道断ですが、今回はお言葉に甘えさせていただきます」

喜色満面といった様子のルードヴィクが息せき切って帰ってきたのは、それから数日後のことだった。

「フランバニエ様、朗報です！」

声を弾ませたルードヴィクによると、まずは様子を探ろうと、熱心な巡礼者を装って神殿を訪れたらしい。そして観光客に紛れて神殿を歩いている最中に、聖騎士団が訓練しているところに遭遇したのだとか。

「幸運にも現在の騎士団長が私の知人だったのです。声をかける前に向こうが私に気がついてくれたおかげで、話が早くて助かりました」

かつてルードヴィクの副官だったその人物はリンネルさんといい、騎士学校時代からの友人らしい。

一目でルードヴィクに気がついた彼は、驚きながらもその場ですぐに神殿へ連れていってくれたうえに、国王陛下との謁見まで取り計らってくれたのだとか。

誰か知り合いが見つかるまで何度も神殿に足を運び、それから慎重に聖騎士団と繋ぎをつけてなんとか面会の予約を取り付け……という長丁場を予想していたのに、あまりに呆《あっ》気《け》なく話が進むことに拍子抜けしてしまう。

「それは……すごい幸運だったわね」

「まさか自分を覚えている人間がいるとは思わなかったので、本当に幸運でした。明日は登城する予定です。その時に竜の鱗《うろこ》についてもそれとなく探りを入れてみます」

「本当によかったわ。うまくいくといいわね」

「はい」

知人に会えたことがよほど嬉《うれ》しかったのか、滅多に見せない満面の笑みでルードヴィクは大きく頷《うなず》いた。

それからトントン拍子に話は進んだ。

国王に謁見したルードヴィクはその場で仇敵《きゅうてき》である屍竜《しかばねりゅう》の討伐を奏上し、許可を得る。王都の近くに脅威が存在することへの懸念は以前からあり、向こうとしても渡りに船だったらしい。

瞬く間に討伐隊が結成され、ルードヴィクが一時的に聖騎士団への帰属を認められたと聞いたのは、そのわずか三日後のことだった。

――そして晴れて今日は、ルードヴィクが聖騎士団に復帰する記念すべき初日である。

「お待たせしました。いかがでしょう。どこか変なところはありませんか」

「かっ……」

「か？　なんですか？」

大声でかっこいいと叫びそうになった私は、慌てて両手で自分の口を塞いだ。

「ううん、なんでもない。それよりこれが聖騎士の礼服なのね……すごく素敵」

「ありがとうございます」

アッシュグレーの髪を綺麗《きれい》に整えたルードヴィクが纏《まと》うのは、純白を基調とした聖騎士の礼服だ。

襟元と袖口に施された複雑な刺繍《ししゅう》は銀糸。立体的なブレードと組み合わされた背中の装飾は、神子を守る聖騎士の紋様だ。つまり、ゲームで見ていたのと同じ、あの憧れの聖騎士の衣裳《いしょう》なのである。

(どうしよう……まさか本物をこんな近くで見られるとは思ってなかったから……やだもう、私が泣きそうになってどうするのよ)

「ルーク、本当に……本当に素敵よ。よかったわね」

全身傷だらけの身体に襤褸《ぼろ》を纏い、地面に座っていたあのルードヴィクが、今こうして聖騎士の衣裳を身に纏って笑っている。

目尻に刻まれた皺《しわ》や失われた右腕は違うとしても、逞《たくま》しさを取り戻した肉体はルードヴィク自身の努力の賜《たまもの》だ。奴隷だった時の悲惨な姿を知っているだけに、感慨もひとしおだ。

感極まって涙ぐむ私を見て、ルードヴィクは照れたようにはにかんだ。

「聖騎士の白い衣裳は騎士を目指す者にとって憧れの象徴です。私も初めてこの服に袖を通した時は感激したものですが……昔とは体型がまったく違うので、どう見られるか正直不安ですね。おかしくないでしょうか」

失われた右腕を気にしているのだろうか。ルードヴィクは袖を引いたり後ろを見たりと、しきりと自分の姿を確かめている。

「ううん、アッシュグレーの髪が白に映えて、とてもよく似合ってるわ。すごくかっこいいもの」

「フランバニエ様にそうおっしゃっていただけると、安心します」

私が力強く断言するとルードヴィクは照れたように笑い、それから申し訳なさそうに眉を下げた。

「これからしばらくの間、フランバニエ様をお一人にすることになりますが、大丈夫でしょうか」

「宿の中にいれば安全だもの。私のことは気にしないで」

一時的とはいえ聖騎士への復帰は、今後のルードヴィクにとって大きな一歩となるだろう。それを寂しいだなんて私の我が儘で、妨げてはいけないのだ。

（これで腕が治せれば完璧に元通りになるのよね。あとは私が奴隷から解放してあげればいいだけだけど……）

「フランバニエ様、どうかしましたか？」

「え？」

無意識でルードヴィクのマントをぎゅっと握っていたのに気づいた私は、パッと手を放した。

「ご、ごめんなさい、なんでもないの。その、気をつけて行ってきて……あ」

放した手がぎゅっと摑《つか》まれてそのまま抱き寄せられる。気がつくと、私はルードヴィクの逞しい胸の中に閉じ込められていた。

「ルーク？　どうしたの？」

「……あなたにこんな寂しそうな顔をさせてしまう自分が情けないのです。ですが、あと少しで私の願いが叶《かな》うのです。それまではどうか一人にしてしまうことをお許しください」

ルードヴィクにとって、私を宿に一人残すことはそんなに不本意なんだろうか。上から降ってくる声は、どこか辛そうに聞こえる。私は背伸びをして、ルードヴィクの口元にちゅ、と唇を押し当てた。

「ルーク、今はあなたにとって大事な時期でしょう？　私は本当に大丈夫だから気にしないで。それにほら、こんなことしてると初日から遅刻しちゃうわ。ね？」

「フランバニエ様、私は……」

なにかを言いかけてルードヴィクは途中で諦めたように口を閉じ、それから背中を屈めるようにして顔を近づけた。

「……フランバニエ様、あなたに口付けする許可をいただけますか」

「そ、そういうのは、いらないから」

「駄目、ですか」

眉を下げたちょっと情けない表情は、まるで叱られた犬みたい。そんなささいなことでドキドキしてしまう私は、あまりにもルードヴィクが好きすぎるんじゃないだろうか。

「そうじゃなくて、その……許可とか、いらない、から」

恥ずかしくて最後のほうが小声になった私の台詞は、聞こえなかったかもしれない。でも、笑ったように空気が揺れたのがわかった。

「フラン……」

甘く名前を呼ばれながら、優しく唇が重なる。と、背中に回された手でぐっと引き寄せられて、一瞬でキスが深くなった。

「……ん……ふ」

角度を変えて何度も唇が重なり、貪るように強く求められる。全身が蕩《とろ》けてしまいそうなほどに甘いキスなのに、どこか苦く感じるのはどうしてだろう。

唇が離れていくのがわかって目を開けると、熱に浮かされたように潤んだ翡翠《ジェイドグリーン》色の瞳がじっと私を見つめていた。

「……それでは行ってまいります」

「うん。……気をつけてね」

名残惜しそうに部屋を出て行く背中を見送りながら、私はそっと溜息《ためいき》をついた。

当初考えていたより順調に計画は進んでいる。

あまりに順調すぎて、まるでなんらかの力——ゲームの強制力が働いているように感じてしまうのは、私の考えすぎだろうか。

(……怖い)

見えない大きな力に自分が巻き込まれていく気がして、私はぎゅっと自分の身体を抱きしめた。

「……早く帰ってきてね、ルーク」

私は目を瞑《つぶ》り、祈るように呟《つぶや》く。

そんな私の予感が悪いほうに当たるのは、それからすぐのことだった。


「私は聖騎士団騎士団長のリンネルという者だ。あなたがトラキアの薬師フランバニエ殿だろうか」

突然宿に尋ねてきたのは、リンネルと名乗るいかにも騎士といった厳めしい人だった。

以前ルードヴィクが話していたかつての知人で、今の騎士団長だという人に違いない。

(でも、なんでそんな偉い人がここに……?)

「あの、ルードヴィクは今日も訓練で遅くなるとのことですが」

「ああ、それはわかっている。今日はあなたにお願いがあって来たのだ。入室の許可をいただけるか」

「は、はい、どうぞお入りください」

疑問に思いながらも備え付けの椅子を勧めると、リンネルさんは無表情のまま席に着いた。

最近のルードヴィクは、討伐の準備のために毎日朝早くから夜遅くまで登城している。隻腕というハンデを負い、かつ長く剣を握っていなかった勘を取り戻す訓練はとてもハードらしい。でも、毎日くたくたになって帰ってくるものの表情は明るく、夕飯の席で楽しげにその日あったことを教えてくれるのだ。

「ええと、今日はなんのご用でしょう。あ、もしかしてルードヴィクになにかあったんですか？」

「あなたがそれを知ってどうする」

「え？」

硬く、冷たい声に思わず聞き返すと、リンネルさんは一切感情のない表情で私を見つめた。

「意味のない挨拶や前置きは省略させていただこう。奴隷となっていたルードヴィクを保護してくれたことは感謝している。だが、彼は英雄だ。お前のような平民が性奴隷として扱っていい人間ではない。ルードヴィクを解放しろ」

「性奴隷なんて違います！　私はそんなつもりで彼を買ったのではありません。私はただ彼を助けたかっただけです」

驚きのあまり大声を出した私を、リンネルさんはジロリと一瞥《いちべつ》した。

「ハッ、どうだかな。奴隷を買うような人間の言うことなど信用できん。そもそも人間を金で買う行為自体が非人道的ではないか」

「それは……私も奴隷制を肯定したくはありませんが、ルードヴィクを助けるためには仕方がなかったんです。それを性奴隷だなんて、どうしてそんな誤解が」

「誤解だと？　オルトワではお前のような容姿の人間は差別されると聞いたぞ。相手をしてくれる男に困り、反抗されない奴隷に手を出したのではないか？　それともあいつを憐《あわ》れんで家族ごっこでもするつもりだったのか？」

「そんな……」

私が奴隷を探していたのはたしかだけど、あの日ルードヴィクを見つけたのは本当に偶然だった。それに、あの薄汚れた奴隷がルードヴィクだとわかったのは、私以外誰もいなかったことも事実なのに。

（……でも、この人は私がなにを言っても信じてくれない気がする）

こちらを見つめる冷たい眼差しに、まるで氷水をかけられたように全身が冷えていく。

私はこの眼差しをよく知っている。これは私を色無しと蔑む人たちと同じ目だ——。

いつもの癖でフードを深く被ろうした私は、自分がマントを着ていないことに気がついて、代わりに唇を噛《か》んだ。

「……私はただ、ルードヴィクを助けたかっただけです」

振り絞るような声でなんとかそう告げた私を、リンネルさんは鼻で笑った。

「ずいぶん高尚な考えを持っているようだが、口ではどうとでも言えるからな。現にルードヴィクに竜の鱗を強請ったそうじゃないか。正直に教えてもらおう。お前の目的はなんだ？」

「彼の右腕を治すためにはエリクサーが必要です。そして、エリクサーを作るには竜の鱗が必要なんです。そうしたら、ルードヴィクがセレンディアなら竜の鱗が手に入るかもしれないと教えてくれて」

「エリクサーを作るだと？　お前が？　ハッ、エリクサーなど、典型的な詐欺師の口上ではないか。とうてい信じられんな」

嘲るように笑いながらリンネルさんは懐から小さな袋を取り出し、机の上に置いた。彼が袋の紐《ひも》を解くと、中から溢れた金貨がザラリとテーブルの上に広がった。

「これは国王陛下から預かった報賞金である。受け取るといい」

「報賞金……？」

「ルードヴィクは神子を救った英雄だ。そして我が国の恩人でもある。これは、お前がルードヴィクを保護してセレンディアへ連れてきたことに対しての謝礼だ。あいつを買った金額からすれば十分な対価だろう」

大量の金貨を前に呆然《ぼうぜん》とする私を、リンネルさんは軽蔑したように見下した。

「ルードヴィクは今回の討伐が成功すれば、その功績で叙爵される予定だ。いずれは相応しい身分の令嬢と結婚することになるだろう。いいか、あいつにはいるべき場所がある。それはお前のような薄汚く浅ましい人間の側では決してないのだ。そのことをゆめゆめ忘れるな」

用は済んだとばかりに席を立ち、そのまま部屋から出て行こうとするリンネルさんの背中に、私は声をかけた。

「ま、待ってください！」

「……なんだ？」

「私が彼の側にいていい人間ではないのは、自分でもよくわかっています。それに、最初から治療が終われば奴隷から解放する予定だったんです。ですから、あなたのおっしゃるとおり、私が彼の前から姿を消すのはやぶさかではありません」

「ならば即刻ここから……」

「ですが、その前に私にはやらないといけないことがあるんです」

「……なにが目的だ？」

「それは……」

眉間に皺を寄せ忌々しげに睨《にら》み付けるリンネルさんを前に、私はゴクリと唾を飲んだ。

「フランバニエ様、今戻りました。……フランバニエ様？」

気がつけば窓の外は真っ暗になっている。いつの間に帰ってきたのか、ぼんやり椅子に座っていた私は、突然ともされた眩《まぶ》しい明かりに目を瞬いた。

「明かりもつけずにどうかしたのですか？」

「あ、おかえりなさい！　ちょっとうたた寝してたみたい。気がつかなくてごめんなさい」

「顔色が悪いですね。体調が悪いのではないですか？　慣れない環境で無理しているのではないでしょうね」

「ううん、大丈夫。それに大変なのはルークのほうでしょう？　毎日遅くまで訓練お疲れさま」

　私が立ち上がってぎゅっと抱きつくと、ルードヴィクも左腕を回して抱擁を返してくれた。

「これくらいたいしたことではありません。それにこんな身体ですから、多少無理をしても以前の勘を取り戻しておきたいのです。足手まといにだけはなりたくありませんから」

　はにかんだように笑うルードヴィクは、日に日に以前の輝きを取り戻しつつある。聖騎士の訓練に参加する凛々《りり》しい彼の姿は、さぞ女性の視線を集めていることだろう。

　……それが手の届かないとても遠い存在になってしまったようで、ちょっと寂しくもあるのだけど。

（元々ルードヴィクは三男とはいえ伯爵家の出身だもの。私とは住む世界が違う人なのよね……）

「ルークは毎日すごく頑張ってるわ。私は応援するくらいしかできないけど、ポーションが必要になったらいつでも言ってね。大量に作っておくから」

私が胸を叩いてそう言うと、ルードヴィクは思わずといったように吹き出した。

「私は幸せ者ですね。フランバニエ様に心配してもらえるんですから」

「ふふ、お腹が空いたでしょう？　宿の人に教えてもらったんだけど、今日の夕飯は鹿肉のローストなんですって」

「鹿とは豪華ですね。珍しい」

「それがね、今日から泊まる人がみなさんでどうぞってお土産でくれたらしいの。なんでもセレンディアに来る途中で……」

そんな他愛のない話をしながら、私たちは宿の食堂へと向かう。

せめてセレンディアにいる間だけでもルードヴィクを独り占めしたい。少しでも長く一緒にいたい。私はそんなことを考えていた。

✻　✻　✻

（いよいよね……！）

雲一つない、刷毛で塗ったような青空を見ながら、私は薬師のローブの前をぎゅっと握りしめた。

迎えた年末、朝から快晴に恵まれた今日は、屍竜討伐当日である。

本当なら部外者である私が討伐についていくのはありえないのだけど、リンネルさんと交渉の末、上級薬師を薬師協会から特別派遣するという形で、同行させてもらえることになったのだ。……のはいいんだけど。

「あなたがフランバニエさんですか？　はじめまして、私はかりんです。ルードヴィクさんを助けてくれて、本当にありがとう！」

私の目の前に座るのは、目の覚めるような黒髪の美女。

「おいかりん、そんな奴にいちいち挨拶する必要はないぞ」

彼女の隣に座るのは、印象的な赤い髪を長く伸ばした精悍《せいかん》な印象のイケメン。

「そうですよ。奴隷を買うような卑しい人間と、神聖な神子であるあなたが話す必要はありません」

そして私の隣から絶えず冷気を漂わせているのは、アイスブルーの髪と瞳を持つ美貌の持ち主である。

（っていうか、どうして私なんかが神子様一行と同じ馬車に乗ってるの……⁉）

警備の都合か、はたまたなにかの思惑か、私はどういうわけか、神子一行と同じ馬車に揺られているのである。

そもそも屍竜の討伐は、新年の神殿行事を終えたあとに、聖騎士団だけで行われる予定だった。

それが急遽《きゅうきょ》繰り上げられることになったのは、かりん様が強く同行を希望したからだぞうだ。

世界の浄化後、火の国の王子だったレオン様と目出度く結ばれたかりん様は、現在は火の国の王妃として活躍している。たまたま新年行事の準備でセレンディアを訪れた彼女はルードヴィクの帰還を知り、さらには屍竜討伐が行われることも知ったのだそうだ。

「私、ルードヴィクさんにはすごくお世話になったんだ。だから、どうしてもこの討伐には参加したくて、無理矢理参加させてもらったの。今日は一緒に馬車に乗せてくれてありがとうね」

「い、いいえ、私はお礼を言われるようなことはなにも！　私のほうこそかりん様にお会いできてとても光栄です！」

「もう、そんな他人行儀なこと言わないでほしいな。あなたがルードヴィクさんを見つけて怪我を治してくれたんでしょう？　本当に感謝してるんだから」

そう言ってかりん様はちょっと拗《す》ねたように口を尖《とが》らす。

艶々の長い黒髪に縁取られた顔は小さく、すっとした鼻の下にある可愛らしい小ぶりの唇はつやつやのプルプル。長い睫《まつげ》が影を作る大きな瞳は好奇心を隠せないとばかりにキラキラ輝いている。目の前にいるのは、明らかに纏う空気が違う正真正銘本物のヒロインだ。

（うわあ、さすがはヒロイン、オーラが違う……！）

設定だと召喚された当時の年齢は十八歳。キラッキラの美少女として描かれていたけど、それから十年という年月を経た現在は神子兼人妻。大人の色気を備えた美女へと変貌を遂げている。

そんなかりん様を優しく見つめる赤い髪の持ち主は、今は火の国の国王であり、かりん様の伴侶となったレオン様だ。そして火の国の宰相となった魔術師のミストガル様が、二人を見て呆《あき》れたように溜息をつく。

（うう、美形率が高くて緊張する！　さすがは攻略対象よね、眼福ってこういうことを言うのかしら。……それにしても、かりん様はレオンルートだったんだ）

公式では火の国の王子であるレオンを攻略するルートが王道であり、一番人気だった。だから当然と言えば当然なのかもしれないけど、こうして幸せそうに笑う二人を目の当たりにすると、ゲームの続きを見ているようでちょっと不思議というか、幸せのお裾分けをしてもらったみたいで嬉しくなってしまう。

そんな感慨に耽《ふけ》る私の前で、三人のやりとりは続く。

「もう！　どうして二人とも初対面の女性にそんなに失礼な態度なの？　信じられない！」

「どうしてもなにも、この女は奴隷を買うような人間だぞ？」

「かりん様、セレンディアはもちろん、私の出身国でも奴隷制はとうの昔に廃止された非人道的な行為です。あまつさえこの女は奴隷主だから討伐に参加する権利があるなど、厚顔無恥も甚だしい要求をしたと聞いています。注意するに越したことはありません」

「あら、私は彼女が上級薬師だから討伐に参加するって聞いたのよ？　上級薬師になるのはとても大変なんでしょう？」

「それはまあ、そのとおりですが」

「フン、金で買った資格かもしれんぞ。屍竜の鱗が目的だという噂《うわさ》だしな」

「もう！　レオンはそうやってすぐ人を疑うんだから」

「俺はお前に変な人間に関わってほしくないだけだ」

「レオンは本当に昔から愛情表現が下手ですよね。素直にかりん様が心配だと言えばいいのに。ですが、今回ばかりは私もレオンに全面同意します。あなたに万が一のことがあるといけませんから」

「ううっ……二人とも心配しすぎ！　ほんと、そういうところは昔からぜんっぜん変わらないよね！」

男性陣二人から漂ってくる空気で察するに、どうやら私はルードヴィクを性奴隷として扱う非道な女だと思われているようだ。そして、屍竜の素材目当てに討伐に無理矢理同行したのだとも。

（私みたいな一般人が突然討伐に参加したら、怪しく思われて当然よね。ルードヴィクにも反対されたし……）

私が討伐に同行することを知ったルードヴィクは、最初、猛反対した。

『私は反対です。どう考えても無理です。身を護る術もないあなたが討伐に参加しても、なにも役に立たないどころか足手まといになるだけだ。迷惑でしかありません』

『ねえルーク、私の話を聞いて？』

『いいえ、駄目です。これだけは譲れません。私はあなたを危険な目に遭わせたくないのです』

『あのね、今セレンディアで活動している上級薬師は数人しかいなくして、しかもみなさん高齢なんですって。だから私が自分から志願したの。なにか手伝わせてくださいって。私みたいな薬師になにができるかわからないけど、少しでも力に……』

『だとしても！　神殿には薬師も治癒術士もいるのに、どうしてフランバニエ様が参加しなければならないのですか！　私には納得できません！』

『勝手に決めたのは悪かったと思うけど、これはもう決定したことなの。討伐が危険なのは私もよくわかってるわ。ちゃんと気をつけるから、だからそんな怒らないで』

『屍竜がどれだけ危険だと思っているんだ！　あなたはなにもわかってない！』

部屋が揺れると錯覚するほどの怒声に、ビクンと身体が竦《すく》んだ。

『ご、ごめんなさい、私、でも』

『……申し訳ありません。あなたに謝らせるつもりはなかったのです』

苦々しげに顔を歪《ゆが》めながら、ルードヴィクは私を抱きしめた。

『決まった以上は仕方ありません。ですが約束してください。屍竜の討伐は命の危険と隣り合わせです。勝手に動かず必ず指示に従うと。そして、なにがあっても決して無茶をしないと』

『うん、約束する。でも、ルークも約束してね。絶対一人で無理をしないって』

『……はい』

ぼんやり物思いに耽っていた私は、かりん様の声で我に返った。

「あ、見て、森が見えてきたわ。この森って私たちが訓練でよく来てた場所だよね」

「ああそうだな。かりん、よく覚えていたな」

「それくらい覚えてるわよ！　レオンは相変わらず子供扱いするんだから、ほんとに失礼よね！　……でも、懐かしいな。あの頃はうまく連携がとれなくて、よく怒られてたよね」

「そうでしたね。だからこそ我々はここに訓練に来たのです。まあ、忘れられない因縁の場所になりましたが」

ミストガル様の言葉で、車内の空気がピリッと張り詰めたのがわかった。

この三人にとっても、屍竜とともに消えたルードヴィクの件は大きな禍根になっていたのかもしれない。私もそっと車窓から外をうかがった。

（ここが最初の森……ゲームと同じだわ）

最初の森。それは街道の難所とされた、禁忌の森である。

訓練で森の奥にある汚れた泉を浄化するべく訪れた神子たちは、ここで屍竜に襲われるのだ。

（あそこでルードヴィクたちは屍竜と戦ったのね……）

開けた平原に線を引くように走る街道の先に、鬱蒼《うっそう》と茂る森が見える。刻々と迫り来る黒く重なる木々はいかにも不吉そうだ。

背筋を冷たいものが這《は》うような感覚に思わず自分を抱きしめると、馬車の外で狂ったように鐘が打ち鳴らされる音が鳴り響いた。

「これは……警鐘ですね」

「え？　まだ早くない？」

「ああ、どうやら想定より早いお出ましだな」

窓の外を見るかりん様と重なるように、隣のレオン様が身体を乗り出す。

木々を押し倒しながら現れたのは、小山のような巨体だった。

「屍竜だ！　総員配置につけ！」

「オオオオォオオオオン……」

これは憤怒か、それとも威嚇なのか。耳をつんざくおぞましい咆哮《ほうこう》に空気がビリビリ震え、木立の合間から一斉に飛び立った鳥が我先に逃げ出していく。

（あれが屍竜……！）

びっしり身体を覆う鱗は禍々しく光り、鋭い牙と爪は見る者を恐怖に陥れる。不気味に落ち窪《くぼ》んだ眼窩《がんか》に光はなく、これが命ある生き物ではないことを明確に示唆していた。

「落ち着け！　手筈《てはず》通りに行くぞ！」

「はっ！」

「一班は前、二班はルードヴィクの補助に回れ！」

この声はリンネルさんだろうか。先行していた騎士団は、すでに陣形を整えていたようだ。繰り出される指示に従い、騎士たちが次々に動き出す。

弓兵は無数の矢を上空に放ち、雨のように降り注ぐ矢の合間を縫って、剣を手にした騎士たちが屍竜を囲むように飛び込んでいく。後方で剣を構えるルードヴィクはなにかを待っているのか、鋭い眼差しで隙をうかがっているのが見えた。

「私たちも行きましょう」

「ああ」

かりん様たちが馬車から飛び出していくのを見ながら、私はヨロリと馬車を降りた。

（なんて大きい……）

前世、私はゲームで何度この竜と対峙《たいじ》しただろう。

どうにかしてルードヴィクを助けられないだろうか。私が気がつかなかったフラグがどこかにあったのではないだろうか。

そんな一縷《いちる》の希望を胸に、私は何度も無謀な戦いを繰り返した。だから、私は屍竜のことならなんでも知っているつもりになっていた。

でも、それはとんだ思い上がりだったことがよくわかる。そもそもあんな小さなスマホの画面では、わかりようがなかったのだ。目にしただけで恐怖で身体が竦む感覚も、おぞましい咆哮で足が縫い付けられたように動かなくなることも。

（実際にドラゴンを前にした感想がただ「大きい」だなんて情けない。しっかりしろ、私……！）

私はぐっと奥歯を食いしばり、震える足をなんとか前へ動かした。

「いいぞ！　一班はそのまま回り込んで囲め！」

「魔術師は前へ！　攻撃準備！　かりん様は定位置で待機を！」

「はい！」

整然と指揮に従う騎士たちの動きは危なげなく、じわじわと屍竜を包囲していく。戦況は有利に見え、勝機はこちらにあると誰もがそう思ったに違いない。

けれど、その一瞬の油断を屍竜は見逃さなかった。

「かりん！　危ない！」

唐突に動きを変えた竜が、神子を目がけてブレスを吐いた。

瘴気《しょうき》を纏う屍竜は、浄化の力を持つ神子の対極にあるとゲームの設定にはあった。だから最初に現れた時、屍竜は真っ先に神子を襲ったのだ。

そして今回、かつて遭遇した時より大きな浄化の力を持つ彼女が屍竜の標的になることは、ある意味当然の成り行きだったのだ。

「キャアッ……！」

凄まじい轟音《ごうおん》とともに、灼熱《しゃくねつ》の炎が辺りの物を巻き込みながらかりん様に迫る。

ある者は驚愕《きょうがく》に大きく目を見開き、ある者は思わずといったように駆け出す中、ルードヴィクが屍竜の正面に躍り出るのが見えた。

「ルーク！　駄目！」

まるでゲームの再現のような光景に思わず駆け出した私を止めたのは、リンネルさんの冷静な声だった。

「第一隊、盾を持ってルークに続け！　今度こそ仕留めるぞ！」

「はっ！」

それからは、まるでスローモーションを見ているようだった。

かりん様の前で、左腕にベルトで固定した盾でブレスを受けるルードヴィクを援護するように、騎士たちが大盾を立てる。

「ミストガル！」

「足止めします！」

レオン様の声を合図にミストガル様から放たれた氷の粒が屍竜の身体を覆い、動きを封じる。そしてブレスが途切れた瞬間を狙って、一閃《いっせん》、レオン様の剣が銀色の光を放った。

「オオオオオォ……ン」

最後の足掻《あが》きか断末魔のような咆哮にみなが咄嗟《とっさ》に耳を塞ぐ中、凛《りん》としたかりん様の声が響いた。

「浄化します」

かりん様の手から放たれた光が、屍竜の巨体を包むように広がる。大きな渦となった光はやがて辺り一帯を巻き込む光の奔流になり、そしてすべてのものを浄化しながら消えていった。

　一瞬の静寂ののち、時間をかけて小山のような巨体が傾いていく。やがて辺りを揺るがす地響きとともに屍竜が地に伏せると、怒号のような騎士たちの歓声が沸き上がった。

「うぉぉぉぉぉぉぉ！」

「やったぞ！」

「怪我人だ！　誰かポーションを寄越せ！　早くしろ！」

「どいて！　そこを通して！」

　歓喜に沸く騎士たちを必死に掻き分けながら、私はルードヴィクの元に走る。遠目からでも、地面に伏したルードヴィクの真っ白な騎士服がじわじわと赤く染まっていくのがわかったのだ。

「ルーク、しっかりして！」

　ぐったりした身体をなんとか仰向けにして、顎を上げる。震える手で懐から取り出したのは、万が一の時のために用意しておいた未完成のエリクサーだ。

（あとはこれに竜の鱗を入れれば、エリクサーは完成するはず……！）

　幸い足元のいたるところに竜の鱗は落ちている。私は震える手で鱗を拾った。問題はここからだ。

「――浄化、粉砕」

　本来、薬やポーションは補助具と呼ばれる道具を使って作る。薬草を煎じる大鍋《コルドロン》しかり、乳鉢しかり、薬師が使うそれらの道具には、安定した魔力を流すための魔石が仕込まれているのだ。

では、それらの道具がなければ薬が作れないのかというと、理論上は可能である。

ただし、補助なく極限までの魔力を流し続ける集中力を維持できれば、の話だが。

掌の上で、砕けた竜の鱗がキラキラと舞う。私は用意しておいた瓶に、慎重にそれを加えた。

今、ここにあるエリクサーの材料は一回分だけ。だから失敗はできない。私は深く息を吸った。

「――エリクサー生成」

呪文とともに、身体から大量の魔力がズルリと引き出される。

さすがは屍竜というべきか、こんな小さな鱗一枚にも膨大な魔力が含まれているのがわかる。少しでも気を抜くと気を失ってしまいそうだ。

（くっ……なんて力なの……）

まるでエリクサーになるのを拒むかのように、竜の鱗だけが他の素材と混ざり合おうとしない。拮抗《きっこう》する魔力に警鐘を鳴らすかのように頭がガンガンと痛み、汗が滴り落ちていく。私は瓶を持つ手にぐっと力を入れた。

（どうしよう、ここで失敗したらもうあとがないのに……っ）

もうだめかもしれない。

そんな弱気が顔をのぞかせたその時、ふわりと背中に温かなものが触れるのを感じた。

『――いいかい、フランバニエ。薬草は使いようによっては薬にも毒にもなる。私たちが人様の命に関わる仕事をしていることを、決して忘れちゃいけないよ』

――ああ、これは婆様の手だ。

薬師になりたての頃、私は失敗ばかりしていた。

今思えば、特級薬師である婆様の弟子なんだから早く一人前にならないと、と気ばかり急いていたんだと思う。

そんな私を見て婆様は必ずそう言って叱り、でも最後に笑いながらこう付け加えたんだ。

『フランならできる。なぜならあんたは私が認めた唯一の後継者で、私の自慢の娘、フランバニエ・セトなんだから』

突然、手の中の瓶が熱を持ち眩《まばゆ》い光に包まれる。溢れる光が収まった時、私の手の中には黄金色に輝く液体に満ちた瓶があった。

「できた……」

ハッと我に返った私は、震える手でルークの口元に瓶を近づける。けれど、意識を失った唇はすべてを拒否するように固く閉ざされたままだ。私は大声で命令した。

「ルーク、飲むのよ！　飲みなさい‼」

ルードヴィクの胸にある奴隷紋が光り、ビクンと身体が跳ねる。すかさず私はエリクサーを一息に呷り、自分の唇を彼の唇に押し付けた。

（……お願い！　どうか間に合って！）

ゆっくり時間をかけ、慎重に口の中のエリクサーをルードヴィクに移していく。喉仏が動くまでの時間が、永遠のように長く感じた。

いつの間にかざわついていた周囲の声は絶え、辺りはしんとした静寂に包まれていた。

「すごい……」

「嘘《うそ》だろ、あの怪我が、それに腕が……！」

「まさか……本物のエリクサーか？」

「奇跡だ‼」

周囲の歓声に顔を上げた私が見たものは、そこになかったはずの右腕だった。

（……よかった。ちゃんと成功したんだ）

念のため、横たわるルードヴィクの胸に耳を押し当てる。聞こえてきた力強い鼓動に、肩から力が抜けていくのがわかった。

「おいどけ！　ルードヴィク！　しっかりしろ！」

「う……」

どこかから走ってきたリンネルさんが、私を押しのけるようにしてルードヴィクを抱き起こす。その口から小さなうめき声が漏れたのが、たしかに聞こえた。

「ルーク、おいルードヴィク！　治療班！　誰か治癒魔法が使える奴はいないか⁉」

「はい！　ここにおります！」

「私も手伝わせてください！」

何人もの人が駆けつけ、にわかにルードヴィクの周りが慌ただしくなる。気がついた時には、私は幾重にもできた人垣の外に押し出されていた。

（よかった……）

ここがアンストの世界だと理解してから、私は自分に前世の記憶があることがずっと不思議だった。

アンストにフランバニエ・セトという登場人物はいない。

そんなモブですらない私に、どうしてこんな記憶があるのだろうと。

でも、今ならその理由がなんとなくわかるような気がする。

屍竜。瘴気に侵された凶悪な存在は、瘴気を浄化する神子とは真逆の存在だ。屍竜が存在している限り、世界の浄化はまだ終わっていなかったのかもしれない。

もしその仮定が正しいのだとしたら、この討伐の成功こそが真の意味での世界の浄化、つまりゲームのトゥルーエンドだったのではないだろうか。

そして、このエンディングを迎えるために「ルードヴィク・オルブライト」という存在が必要だったのだとしたら――私がトラキアに生まれたのも、薬師になったのも、すべては奴隷となっていたルードヴィクを助け、この場に連れてくるためだったのかもしれない。

（……だとしたら、私の役目はもう終わりね）

「さよなら、ルーク……」

別れの言葉が、喧騒《けんそう》に呑《の》まれてあっという間に消える。

静かにその場を立ち去る私に気づいた人は、誰一人としていなかった。

幕間二

――どこか遠くで俺を呼ぶ声が聞こえる。

泣いているような悲痛な声は、ずっと俺の名を呼んでいる。

ああフラン、頼むから泣かないでくれ。あなたに泣かれると俺も辛いんだ。

俺はもう二度とその紅玉の瞳を濡《ぬ》らさないと誓ったのに。

なんとか身体を動かそうとするが、まるで鎖で雁字搦《がんじがら》めにされているかのように全身が重い。それでも俺は必死に腕を伸ばす。

「…………フラ、ン」

「ルードヴィク、起きたのか!!　お前って奴は俺がどれだけ心配したと……ヘブシッ!!」

「……うるさい」

✽　✽　✽

「それで、いったいなにがどうなっているのか、現状を説明してもらおうか」

ルードヴィクはベッドの上で腕を組み、床に座る男をジロリと見下ろす。

拳の形が赤く浮いた顔を顰《しか》め正座をする男の名は、リンネル・フォード。

筋骨隆々の見るからに暑苦しいこの男は、騎士養成学校時代からの腐れ縁ともいえる友人である。

屍竜《しかばねりゅう》討伐から一週間。目覚めたルードヴィクが目にしたのは、そこにあるはずのない自分の右手と、それをがっしり握りしめ滂沱《ぼうだ》の涙を流すリンネルの姿だった。

ルードヴィクが咄嗟《とっさ》に手を振り払い、そのまま顔面に裏拳をたたき込めたのは、セレンディアに戻ってからの厳しい鍛錬の甲斐《かい》があったと言えるのかもしれない。

「まず屍竜はどうなった。神子様は無事か？」

「屍竜はミストガル殿とレオン殿下がとどめを刺し、最後は神子様に浄化されて瘴気《しょうき》は跡形もなく消滅した。奴が復活することは二度とないだろう。そして今回の討伐でお前以外に負傷者はいない。もちろん、神子様を含めてな」

「そうか、負傷者がいなかったのは僥倖《ぎょうこう》だったな」

竜は執念深い。かつて逃した獲物であるルードヴィクを狙うだろうという目論見は、途中までは間違いなく成功していたと言える。誤算だったのは、それ以上に神子に執着したことだ。

屍竜が標的を変え神子目がけてブレスを吐いた時、以前の痛みと恐怖を身体が覚えていたのか、ルードヴィクは自分の足が竦《すく》んだのがわかった。だが、同時に湧き上がったのは、グツグツと煮えたぎるような激しい怒りだった。

（こいつさえいなければ、俺はあんな目に遭うことはなかったのだ。お前さえいなければ……！）

目の前にいる悍《おぞ》ましい異形の化け物に、積年の恨みが一気に吹き出す。

衝動のままに屍竜に飛びかかろうとしたルードヴィクをかろうじて押しとどめたのは、討伐に出発する前に宿でフランバニエと交わした会話だった。

『ねえルーク、お願いがあるの』

『なんでしょう』

甘えるような上目遣いで自分を見つめるフランバニエを見て、ルードヴィクは珍しいと思った。普段の彼女なら、決して他人に頼るようなことをしない。まして「お願い」をされるのは初めてのことではないだろうか。

『もしよかったらなんだけど、ほんの少しの間でいいから抱きしめてくれないかしら』

『ふふ、可愛いお強請りですね。お安いご用です』

腰に回した左腕から、フランバニエが震えていることが伝わってくる。気丈に振る舞っているが、これから屍竜の討伐に行くのだ。しかも彼女は一般人だ。怖がるなというほうが無理な話だろう。

『大丈夫です。フランバニエ様には傷一つ負わせません。なにがあっても私が守りますから』

ルードヴィクが細い身体をぎゅっと抱きしめると、フランバニエは彼の胸の中できっと顔を上げた。

『あのね、ルークも約束してほしいの。絶対一人で無理をしないって。それから……必ず生きて戻ってくるって』

『フラン？』

『お願い。ルーク、お願いだから約束して。必ず戻ってくるって』

『わかりました。必ずフランバニエ様の元に戻ると約束します。だからどうか泣かないでください』

恐らく、フランバニエは自分のことよりルードヴィクのほうが心配なのだろう。ひたと見つめる瞳は、今にも涙が溢れそうに潤んでいる。

（フラン、あなたという人は……）

この時ルードヴィクは、二度とこの紅玉の瞳を濡らすまいと心に誓ったのだ。

それからのルードヴィクは冷静だった。リンネル率いる聖騎士団と連携をとりながら左腕に装備した盾でブレスを防ぎ、神子を守ったのだ。

負傷者がいないと聞いて表情を緩めたルードヴィクを、リンネルはきっと睨《にら》んだ。

「なにが僥倖なものか！　一歩間違えばお前は死ぬところだったんだぞ。後ろで見ていた仲間の気持ちをわかって言ってるのか⁉」

「おい、落ち着け」

「お前は昔からそうだ！　一人でなにもかも背負いやがって！　残された人間がどんな思いでいるか、考えたことがあるのか？」

ルードヴィクは、顔を真っ赤にして激昂《げきこう》するリンネルを見て苦笑する。

リンネルとはどちらが先に騎士になるか競いあった時期もあったが、同時期に聖騎士になってからは、互いに背中を預けるよき同僚という認識だった。

それが実は違っていたと知ったのは、十年という歳月を経て二人がセレンディアで再会してからのことだ。


『おい待て、そこのフードを被った男だ。お前……もしかしてルードヴィクか？』

その日、一人で神殿の偵察に来ていたルードヴィクは、唐突に名前を呼ばれて足を止めた。

セレンディアの街を一望する小高い丘の上に立つ荘厳な神殿は、聖騎士団の本拠地でもある。表の神殿は世界中から訪れる巡礼者に公開されているが、奥にある聖騎士団の施設は厳重な警備体制が敷かれ、一般人は立ち入ることはできない。

観光客に紛れて神殿内を歩き回っていたルードヴィクが聖騎士団の訓練に遭遇できたのは、本当に偶然だった。

『そうだが……お前はリンネルか？　懐かしいな。元気そうでなによりだ』

金色の髪を短く刈った髪型は当時と変わらないが、十年前より厚みを増した純白の騎士服の胸には聖騎士団長の章飾が光る。感慨深げに目を細めたルードヴィクとは対照的に、リンネルは今にも泣き出しそうに顔を歪《ゆが》めた。

『ルードヴィク……生きていたんだな。よくぞ戻ってくれた。いったい今までどこにいたんだ』

『リンネル、話せば長いんだが』

『いや、なにも言わなくていい。お前のその姿を見れば、今までどれだけ苦労したか一目でわかる。だが心配するな。これからは私にすべて任せてくれればいい』

『あ、ああ、それは頼もしいな』

リンネルとの再会はルードヴィクにとって幸運だったと言える。聖騎士団長という肩書きを持つ彼がいたからこそ、難航すると思われていた国王との謁見や、屍竜討伐の奏上も叶《かな》ったのだから。

だが、そんなルードヴィクが失念していたのが、この男の性格だった。

かつて自分の目の前で壮絶な最期を遂げたルードヴィクのことは、リンネルの中で大きな心の傷となっていた。

あの時、ルードヴィクが囮《おとり》となって屍竜を引きつけなければ、神子一行だけでなく護衛にあたっていた聖騎士団員たちにも、甚大な被害が出ていたはずだ。

自分たちを庇《かば》い犠牲となったルードヴィクが生きていた。しかも隻腕となった上に、奴隷という不遇な境遇に落とされていたのだ。

――自分がなんとかしてやらねば。

元々面倒見のいい性格でアニキ的存在として周囲から慕われていた男が、過保護なオカンと化した瞬間だった。


「お前の生還は我々にとって奇跡だったんだ。どれだけの人間がお前が生きていたことを知って喜んだか。それなのに、よりによって屍竜討伐なんぞに手を出しやがって……おい聞いているのか？」

再会した時のことを思い出していたルードヴィクは、リンネルの声に我に返ると再び苦笑した。

「心配させたのは悪かったと思っている。だが、皆が後ろにいるとわかっていたからこそ動けたんだ。昔も今も本当に感謝している」

「ぐっ……ルードヴィク、お前って奴は……ッ！」

「それよりここは神殿の治療室だよな。フランはどこにいるんだ？」

感極まったのか抱きつこうとするリンネルを軽く躱《かわ》しながら、ルードヴィクは部屋の中をぐるりと見回した。

「こうして俺の右腕が復活しているということは、エリクサーが成功したんだろう？　彼女に礼を言いたいんだが」

かつて屍竜に喰《く》われ失われたはずの右手が、ここにある。筋肉はなく頼りないことこの上ないが、皮膚はまるで十代の頃のように若々しい。

屍竜にこの手を喰われてからというもの、どれだけ悔しい思いをしただろう。

この手さえあれば、自分は奴隷にならずに済んだのではないか。

この手さえあれば、自分はもっとまともな環境にいたのではないか。

フランバニエと暮らすようになってからは、この手があればもっと彼女の役に立てるのにと、歯痒《はがゆ》い思いをしていた。

その手が今、目の前にある。

「……フランはやり遂げたんだな」

右手の指を折り曲げ、開く。そんな単純な動きですら、ルードヴィクにとっては偉業のように尊く感じられる。

動きを確かめるよう同じ動作を繰り返したルードヴィクは、胸にこみあげる熱いものをぐっと押しとどめた。

「なあリンネル、今すぐにでも彼女に会って感謝を伝えたいんだ。会いに行ってもいいだろうか」

「……あの女はここにはいない」

「いない？　神殿にはいないという意味か？」

ルードヴィクの問いかけに、リンネルは苦虫を噛《か》み潰したような顔をした。

「言葉のままの意味だ。屍竜討伐の日、気がついた時にはあの女はすでに姿を消していたんだ。どこへ行ったかは知らん」

屍竜討伐の日、浄化の力を使ったことで神子が一時的に気を失っている最中に、フランバニエは姿を消したのだと言う。その後、リンネルが滞在していた宿を訪ねた時には、すでに彼女はそこを去ったあとだった。

「エリクサーを作れるのだから、薬師としての腕はたしかなのだろう。だが、所詮は性奴隷を買うような卑しい人間だ。お前を治したいだのと恩着せがましいことを言っていたが、結局は都合のいい治験者を探していたか、竜の鱗《うろこ》が目的だったのだろう。その証拠にあの女は謝礼を受け取った上で姿を消したのだ。誰にも挨拶もせずにいなくなったことを考えると、後ろ暗いことでもあったのだろうよ」

「リンネル、彼女は薬師としての才能だけでなく人間的にも素晴らしい人だ。なぜそんなことを言うんだ」

鋭い目つきで睨むルードヴィクを、リンネルはやれやれといったように肩を竦めた。

「いいかルードヴィク、よく聞け。今回の屍竜討伐の功績で、お前は正式に叙爵されることが決まった。もう奴隷という身分を気にする必要はないのだ。お前はあの女に買われたことで恩を感じているのかもしれんが、それは間違った認識だ。あいつは自分の欲望のためにお前を金銭で買った、極めて利己的な人間だ。そんな人間はお前に相応しくない。ああ、その奴隷紋については心配するな。私が腕のいい魔術師を探して必ず消してやる。万が一にも奴隷だった境遇が噂《うわさ》にならないように……」

いかに自分がルードヴィクの功績を認めさせるために尽力したか、得意げに語るリンネルを前に、ルードヴィクはぐっと拳を握りしめる。

能力に見合わない不当な評価に、謂《い》われのない中傷。フランバニエと暮らすようになってから何度も経験したことだ。

ルードヴィク自身も最初こそ色眼鏡で見ていたものの、一緒に暮らすうちにいかに彼女が私利私欲のない人間か、身に染みてわかるようになった。

フランバニエはまだ日の昇りきらないうちに起き出し、夜は暗くなるまで休むことなく働く。こと薬に関しては一切の妥協を許さず、決して手を抜くことはない。だが、それだけ手間暇かけて作り出した薬にもかかわらず、白髪赤目という容姿のせいで不当に買い叩《たた》かれるのだ。

それを憤るルードヴィクに、フランバニエはいつも笑いながら首を横に振っていた。自分の薬が少しでも誰かの役に立つなら、それで満足だと言って。

（……セレンディアは偏見の少ない誇れる国だと思っていたが、どうやらその考えは甘かったようだな）

思い込みの激しいこの男のことだ。見当違いの正義感で、一方的にフランバニエを悪だと決めつけたに違いない。謂われのない理由で責められた彼女はどれだけ傷ついただろう。考えただけでやり場のない怒りがこみあげる。

（さて、どうしてくれようか）

静かに怒りを燃やすルードヴィクが口を開こうとしたその時、治療室の扉が勢いよく開かれた。

「待ってください。フランバニエさんのことで、私も聞きたいことがあるんです」

部屋に入ってきたのは怒ったように眉を吊《つ》り上げたかりんと、彼女とは対照的に困惑したように眉を下げたレオンとミストガルだった。

＊　＊　＊

「私もこの国に来た最初の頃は、謂われのない中傷に悩んだことがあったの。役立たずとか俺の足手まといになるなとか、そりゃあさんざんな言われようだったんですよね。覚えてる？　レオン、ミストガル」

「う、うむ」

「そういえば、そんなこともありましたね」

ニッコリ笑うかりんからただならない空気を感じたのか、レオンとミストガルが気まずげに顔を逸らす。

召喚されて間もない頃の神子が周囲から浮いていたことは、当時を知る人間なら誰でも知っている話である。

そんなかつての自分とフランバニエを重ねたかりんは、静かに怒っていた。わけのわからない理由でフランバニエを中傷したレオンとミストガルと、そしてエリクサーを精製するという偉業を成し遂げたのにもかかわらず、正当な評価をすることなくセレンディアから追い出したリンネルたちを。

「だからここではっきりさせたかったの。ねえレオン、ミストガル、どうして初対面だったフランバニエさんにあんなに酷い態度をとったのか、私にもわかるように説明して」

「それは……」

言い渋るレオンをかりんはきっと睨みつけた。

「エリクサーを作ったのは彼女なんでしょう？　エリクサーを成功させたのは奇跡だって、とてつもない偉業だって聞いたよ。そんなすごいことをしたのに、どうしてフランバニエさんがこの国から追い出されなきゃいけなかったの？」

「追い出されたとはどういうことですか？」

驚いたルードヴィクが思わず質問すると、かりんは怒ったように眉を吊り上げた。

「私、聞いてしまったんです。そこの三人が追い出す手間が省けた、いい厄介払いができたって話してるのを」

屍竜討伐の日、久しぶりに浄化の力を使ったかりんは気を失い、目覚めた時はすでに神殿に戻ったあとだった。そして教えられたのが、ルードヴィクが今回の討伐で負傷したこと、傷は完治しているものの意識がまだ戻らないこと、その二点だった。

「目覚めてから私、真っ先にフランバニエさんを探したの。ルードヴィクさんが酷い怪我をしたって聞いてたから、それもどうなったか心配で。なのに、誰に聞いても彼女の居場所は知らないって言われるの」

不審に思ったかりんがそこらを歩いている聖騎士を捕まえて問いただしたところ、彼らの中ではフランバニエが悪者だと認識されていることがわかったのだ。

「騎士たちはフランバニエさんのことを、鱗目当てとかお金目当てだとか、とにかく悪口ばっかり言うの。じゃあルードヴィクさんがどうしてるか聞いたら、右腕が復活したって嬉《うれ》しそうに教えてくれるじゃない。私、それを聞いてすごくびっくりしたの。だって、失われた身体の一部を戻すのは魔法では無理だって聞いてたから」

魔法で怪我を治すことはできるが、失われたものは元に戻らない。それは治癒を学ぶ者が最初に教わることだ。

この世界に召喚された当時、かりんは神子としてさまざまな知識を身につけた。その中に治癒についても含まれており、付随してエリクサーの存在についても学んでいたのだ。

「欠けていた腕が治るなんて、エリクサーしかできないことでしょう？　だから、エリクサーを作れる可能性があるのは、あの場にいたフランバニエさんしかいないって結論に行き着いたの。ねえレオン、私にもちゃんと教えて。初対面だったのに、どうして彼女をあそこまで警戒していたの？　そんな偉業を成し遂げた人なのに、どうしてここまで嫌われているの？」

かりんのその言葉に、レオンとミストガルは困ったように互いの顔を見合わせた。

「かりん様、我々は事前に、フランバニエと言う女性は性奴隷を好んで買う、非道な人間だと聞いていたのです」

重い口を開いたのは、ミストガルだった。

「今回の討伐は屍竜の鱗目当てに、無理矢理参加したのだとも。お忘れのようですが、かりん様は神子であると同時に火の国の王妃でもあるのです。同じ馬車に上級薬師とはいえ平民の女性が同乗することになれば、警戒するなというほうが無理な話だとは思いませんか」

レオンは元々火の国の王子であり、ミストガルも名門貴族の子息だ。上級薬師の資格を持つとはいえフランバニエは平民にすぎず、身分があまりにも違う。しかも事前に要注意人物だと忠告されていたのであれば、彼らにとっても当然の対応だったのだろう。

「かりん様が生まれ育った国には、貴族という身分や階級がなかったと聞いています。ですが象徴としてのエンペラーや、政を取り仕切る首相たる立場の人間はいたのですよね。彼らは初対面の人物と同じ馬車に乗ったり、気軽に話したりするでしょうか」

「それは……しないかもしれないけど」

「未だに自覚が薄いようだが、お前は我が最愛であり、この世界において唯一無二の存在だ。そんな大切な女に傷一つ負わせたくないというのは、伴侶として当然の感情だということを理解してほしい」

レオンがかりんを見つめながら頬を愛おしげに撫《な》でると、照れたのか彼女はぱっと頬を染めた。

「た、たしかにそうかもしれないけど、でも、それだったらどうして私たちは彼女と同じ馬車になったの？　本当に不審な人物なんだったら、そもそも私たちと同じ馬車になるのはおかしいじゃない。そこは変だと思わなかったの？」

その指摘に、レオンとミストガルは再び顔を見合わせた。

「言われてみればたしかにそうだな。我々の同行がイレギュラーだったから同乗も仕方ないと思っていたが、よくよく考えればおかしな話だ」

「そのとおりですね。あの女性を荷車なり騎馬に同乗させるなり、いくらでもやりようはあったはずです。リンネル、我々の馬車に彼女が乗ることになった経緯を説明してもらえますか」

ミストガルに話題を振られたリンネルは、床に正座したまま居住まいを正した。

「はい。今回の作戦上、上級薬師の参加は有益だろうと上層部が判断しました。ゆえに彼女の参加を認めましたが、素行に問題があると思われたため、聖騎士たちとはなるべく接点のない配置に据えることになったのです」

いくら聖騎士団長であるリンネルとはいえ、独断でフランバニエを討伐に参加させることはできない。当然、彼女が討伐に参加することの可否は上層部で慎重に協議されたのだ。

「素行に問題って、具体的には彼女がなにをしたの？」

「それは……私を含めた聖騎士団の上層部は、前回の屍竜討伐に参加した人間も少なくありません。苦楽をともにした仲間が目の前で喰われたのです。それがどれだけの衝撃だったかは、かりん様にもおわかりいただけるでしょう。それだけに、十年という年月を経てルードヴィクがセレンディアに帰還したことは、我々にとっては奇跡のような出来事だったのです」

——だからこそ、リンネルを含む聖騎士団の上層部は、ルードヴィクを奴隷として扱っていたフランバニエを許容することができなかったのだ。

「ルードヴィクは我々の英雄です。その彼をあの女は性奴隷として扱っていたのです。そのような唾棄すべき行為を、私は決して許すことはできません」

「ちょっと待ってよ。そもそも性奴隷だなんて、いったい誰がそんなことを言いだしたの？　どこをどう見たって、彼女は性奴隷を買うような人には見えないと思うけど」

「それはかりん様が優しいからそう思われるのですよ。上級薬師の資格を持っていたため討伐への参加を特別に認めましたが、恐らく最初から屍竜の鱗が目的だったのでしょう。私の追求に対し、彼女は一切弁解しませんでしたから。それに、セレンディアを出て行くことは彼女も了承済みです。褒賞金を受け取っておりますから」

「褒賞金？　それはエリクサーを作ったことに対する褒美も、ちゃんと含まれてるんだよね？」

「いえ、それは……」

かりんの鋭い指摘にタジタジとなったリンネルに追い打ちをかけるように、今度は自分の番だとばかりにルードヴィクが口を開いた。

「リンネル、そもそも私は彼女と出会うまで、全身を酷い火傷の痕で覆われていたんだ。ブレスを正面から受けたせいで顔の状態は特に酷く、買い手もつかないような不良在庫だったんだぞ。そんな男を性奴隷にしたいと思う物好きがいると思うのか？」

「そ、それは……だが片腕の奴隷など、労働力としては役に立たないではないか。そんな奴隷が役立つことといえば、性的用途くらいなものだろう」

ルードヴィクは自分も最初はフランバニエが性奴隷にしようと疑っていたことをおくびにも出さず、冷たい目でリンネルを睨んだ。

「そのとおりだ。俺はまともに働くこともできない無用の長物だったんだ。彼女はそんな役立たずの私を買い上げ、しかも無償で高価なポーションを使って治療をしてくれたんだ。そんな奇特な女性に、なぜ性奴隷などという下衆なことを思いついたんだ？　そもそも彼女は極度の男性不信だぞ？」

「は？」

ルードヴィクの言葉に、リンネルはポカンと口を開けた。

「彼女は最初は俺が近寄るだけで、怯《おび》えて顔色を変えていたんだ。恐らく痛ましい生い立ちのせいだろうな」

これは同じ屋根の下に「推し」がいるという過剰すぎる供給に、フランバニエが挙動不審になっていただけなのだが、そんな事情を知らないルードヴィクはいかに彼女が素晴らしい人間か、そしていかにオルトワで虐げられているかを臨場感たっぷりに語った。

「お前は知らないのかもしれんが、オルトワ共和国では彼女のような赤目白髪は、罪人の証として差別されているんだ。現に彼女はまだ幼い頃に、真冬の森の中に捨てられたんだ。実の親によってな。それを薬師だった女性に拾われ、命を救われたんだ」

「そんな……苦労知らずのお嬢さんじゃなかったのか」

薬師は世襲制であることが多い。ゆえに裕福な暮らしをしている薬師のほうが割合としては多い。そんなリンネルの思い込みに、ルードヴィクはゆっくり首を横に振った。

「お嬢さんどころか、そもそも彼女は性奴隷など買えるほど裕福ではない。上級薬師の資格を持っているにもかかわらず、外見ゆえにポーションを買い叩かれているんだ。普段の生活は質素そのもので、かなり切り詰めているぞ」

「だ、だが、お前を買うくらいの余裕はあったのだろう？」

「金貨五枚だ」

「は？」

「俺は奴隷市の特売品として、金貨十枚のところを五枚で売られていたんだ。それでも買い手はつかなかったがな」

「ルードヴィクがたったの金貨五枚だと……？」

片腕に加え、汚れであちこちが固まった伸びっぱなしの髪と髭《ひげ》。しかも顔を含めた全身が引き攣《つ》れた酷い傷痕で覆われていたのだ。そんな奴隷を誰が好んで買うだろう。同じ境遇の奴隷ですら恐れて近づかなかったとルードヴィクが言うと、リンネルは驚いたようにポカンと口を開けた。

「あとから聞いた話では、彼女はその金で薬師の弟子になりそうな子供を買うつもりだったらしい。自分と同じ不遇な境遇にいる子供がいれば助けてやりたいとな。……優しい人なんだ」

愕然《がくぜん》とした様子で金貨五枚と小さく呟《つぶや》くリンネルに、ルードヴィクはとどめを刺した。

「それに、前提が間違っている。彼女は乙女だった。ゆえに性奴隷なんて下世話なことは考えもしなかっただろう」

「……は？　いや待て、待ってくれ。つまり全財産をはたいて乞食のような外見だったお前を買い、無償でポーションを与えて怪我を治し、そのうえわざわざお前をセレンディアまで連れてきたのは……」

「彼女の純粋な好意だ。そもそもセレンディアに来たいと言ったのは俺だ。ここなら竜の鱗が手に入るのではと踏んで、フランに頼んだんだ。なにしろ俺は無一文だからな」

それだけではない。フランバニエはルードヴィクのために衣食住を与え、しかも合意の上だったとはいえ処女まで捧《ささ》げたのだ。誰が聞いても、むしろフランバニエのほうが一方的に搾取されていたと思うに違いない。

「なんてことだ……私はそんな高潔な女性になんということを……!!」

自分のやらかしたことの大きさに顔色をなくし、ショックを受けたように呆然とするリンネルを見て、かりんは呆《あき》れたように大きな溜息《ためいき》をついた。

「つまり、リンネルさんの一方的な思い込みで彼女を悪者にしてたってことよね。信じられない。そんなの聖騎士のすることじゃないよ。頭を丸めて土下座したって足りないくらいだわ」

「あの、頭を丸めるとは、どういう……？」

聞き慣れない言葉に戦々恐々といったように質問したリンネルに、レオンが苦笑した。

「頭を丸めるとは坊主のことだ」

「坊主、ですか？」

「かりんのいた国では、頭髪をすべて剃《そ》り落とすことが、最大級の反省と謝罪を表す行為とされていたそうだぞ」

「は、はあ、頭髪をすべて剃り落とすのですか」

「まあ、かりんの言うとおり、お前が頭を丸めるくらいでは到底謝罪に足りないだろうがな。かりん、私は火の国の国王として、彼女への理不尽な対応に関して謝罪することを約束する。そしてエリクサー精製という偉大な功績に対しては、褒賞と特級薬師への推薦状を用意しよう」

「レオン……」

レオンの言葉に頷くかりんとは対照的に、リンネルは蒼白《そうはく》なまま目を白黒させる。

そんな彼の様子にルードヴィクはいい気味だと少し溜飲《りゅういん》を下げたが、フランバニエが受けた傷は、この程度のもので済まされていいはずがないだろう。

ルードヴィクはニヤリと唇の端を持ち上げた。


それから出発までの日々、ルードヴィクは精力的に右腕を鍛え――坊主となったリンネルや聖騎士たちを相手に容赦なく剣を振るった。そしてそんな忙しい日々の合間に、家族との再会も果たす。

「ルードヴィク、悪かった。お前を保護したという奴隷商から何通も手紙が届いていたが、我々はそれを信じることができなかったのだ」

ルードヴィクがいなくなってからというもの、オルブライト家には彼を騙《かた》る悪質な詐欺師が何人も現れたそうだ。中には屋敷への侵入や乗っ取りを試みる強引な輩もおり、母親であるオルブライト伯爵夫人は心労から体調を崩し、寝込みがちになってしまったのだ。

家族で話し合った結果、伯爵夫妻は家督を長男に譲り領地に隠居することになり、新たにオルブライト家の当主となった長兄は、ルードヴィクを名乗る人間からの取り次ぎを一切禁じたのだ。

「すまない。本当に悪かった。私はお前になんということを……」

苦渋に満ちた表情で謝罪する長兄は、年齢よりずっと老けてみえた。

「いいのです、兄上。もう過ぎた話ですから。私のほうこそ心配させてしまい申し訳ありませんでした」

奴隷時代、自分が送った手紙に返事がなかったことの真相を知ったルードヴィクは、長年の蟠《わだかま》りが解けるとともに、自分のことで家族に迷惑をかけたことを謝罪した。

そして自分にはもう家族と呼ぶべき相手がいることを告げ、オルブライト家に別れを告げたのだった。


その日から二週間後の早朝、セレンディアの門を出る馬上には、全盛時代と同じ腕の太さを取り戻したルードヴィクの姿があった。

オルトワに向かう道中で奴隷紋が消えていることに気づいたルードヴィクがショックを受けたり、そして彼が去ったあともフランバニエを特級薬師にしようとリンネルが奔走したり――そんな彼の尽力が実り嬉しい報せがフランバニエ本人の元に届くことになるのは、また別の話である。

第六章　戻った日常

どこまでも澄み渡る空の下、寒々とした冬枯れの木々が風に揺れているのが見える。

頬を刺すような寒さに私はたまらず首に巻いていたマフラーを引き上げ、かじかんだ指先に息を吹きかけた。

「……ふう、寒いな」

セレンディアからトラキアの自宅に戻ってきたのは、十日前のことだ。

あの日、一人で宿に戻った私は、荷物をまとめるとその足でセレンディアをあとにした。

リンネルさんに言い含められていたのもあるけど、大勢の目の前でエリクサーを使ったことによる騒動に巻き込まれるのが嫌だったのだ。でも……一番の本音は、ルードヴィクと会うのが怖かったのだけど。

「さてと、あとはこれを片付ければ今日の作業はおしまいね」

セレンディアへの往復と滞在していた期間を含め、四ヶ月近くの留守を経て久しぶりに対面した我が家の庭は、枯れた雑草で埋め尽くされていた。

不幸中の幸いだったのは、留守をしていたのが晩秋から冬にさしかかる季節だったことだろうか。

夏に比べると雑草の繁殖力も弱い。留守に備えて早めに畑じまいを終えていたこともあり、覚悟していたほど荒れていなかったのは不幸中の幸いだろう。

とは言うもののやはりある程度の世話は必要で、ここ数日は庭仕事に精を出しているのだけど。

カサカサと音を立てる落ち葉と一緒に、すっかり枯れてしまった草を一箇所に集めていく。狭い庭とはいえやらなければならない作業は多くて、うんざりしてしまう。

「はあ、四ヶ月でこうなるなんて本当にびっくりよね。ねえルー……」

つい、いつもの癖で後ろを振り返った私は、誰もいない空間を見て苦笑いした。

(もうここにルードヴィクはいないのに。いつまでも未練がましくて駄目ね)

——あの日、私がルードヴィクの前から姿を消す代わりにリンネルさんに提示した条件は、屍竜《しかばねりゅう》討伐への参加だった。

『私を屍竜の討伐に同行させてください』

『なにを言い出すかと思えばくだらない。いいか、よく聞け。屍竜討伐は我々にとっては命がけの任務であり、悲願でもある。そんな大事にお前のような一般人に物見遊山気分でついてこられても、迷惑なだけだ』

『お言葉ですが、リンネルさんはルードヴィクが以前どんな状態だったかご存知ないですよね』

眉間に皺《しわ》を寄せ忌々しげに睨《にら》むリンネルさんを、私もキッと睨み返した。

『初めて会った時のルードヴィクは、全身が酷い火傷の痕で覆われていました。特に顔は正面からブレスを受けたせいで火傷の痕が固着し、表情を動かすことすらままならなかったんです』

口では「大丈夫です」と言っていたけど、あの状態では身体を動かすことにも支障があったに違いない。それだけではない。服とはとても言えない垢《あか》じみた襤褸《ぼろ》を身に纏《まと》った様子は、劣悪な環境に長く身を置いていることを明確に示唆していた。

『ルードヴィクは最初、治療すら拒んでいたんです。それをなんとか説き伏せて、体調を整え、何回もポーションを使って、ようやくここまで治ったんです』

『それがどうした。かかった治療費を請求するつもりか？』

私は首を横に振り、まっすぐリンネルさんを見つめた。

『あともう少しなんです。腕が元通りになりさえすれば、ルードヴィクは完全に以前と同じ状態に戻るんです。そして、それにはどうしても竜の鱗《うろこ》が必要なんです』

『お前は……』

『お願いです。私にエリクサーを作らせてください。エリクサーが完成して、ルードヴィクの腕が治ったのを確認するまでが彼の主としての責任であり、薬師としての仕事です』

精一杯虚勢を張って言い切った私を、リンネルさんは最初はどこか呆《あき》れたように見つめていた。けれど私が一歩も引かないのがわかると、最後には溜息《ためいき》をつきながら同行を許可してくれたのだ。

その後、リンネルさんは薬師協会に話を通し、そこから薬師として派遣される形で私が討伐に同行できるように手配してくれた。

『いいか、くれぐれも勝手な真似をするな。それとほかの騎士たちに色目を使うことがあれば、その場で叩《たた》き出すから覚悟しておけ』

『わかってます』

『フン！』

（ふふ、それにしてもあの顔は見物だったわね）

同行許可証を渡しに来た時の心の底から不服そうな顔を思い出すだけで、笑いが込み上げてしまう。私の同行は本当に嫌だったとは思うけど、私も彼には嫌な思いをさせられたのだ。お互いさまということでどうか許してほしい。

（お世話になった人にちゃんとお別れができなかったのは心残りだけど、あれでよかったのよね、きっと）

私はぐるりと庭を見回した。

あれはルードヴィクがいつも水を浴びていた井戸。

あそこはルードヴィクが直してくれた柵。

あの夏の日、ルードヴィクと一緒に歩いた庭の小径。

どこを見てもルードヴィクのことが思い出されて、そのたびに胸が締め付けられるように苦しくなる。

（……私、また一人になっちゃったんだな）

婆様が死んでからずっと一人でやってきた。一人の暮らしにはすっかり慣れてるつもりだったし、そもそもルードヴィクと一緒に過ごしたのは、半年にも満たない短い期間だ。だから、また一人に戻ったところでなんてことない。そう思っていたのに。

（ルーク……）

心の中で名前を呼んだだけで鼻の奥がツンとして、目にじわじわと熱い膜が張っていく。

「ルークに……会いたいな……」

「お呼びですか、フランバニエ様」

「…………え？」

ここにはいないはずのルードヴィクの声が聞こえた気がして、私はピシリと固まった。

どうしよう。もしかして、寂しさのあまり幻聴が聞こえるようになってしまったんだろうか。

そんなことを考えながら恐る恐る振り向くと、そこにいたのは腕を組み、仁王立ちでこちらを睨むルードヴィクだった。

「ルードヴィク……？　嘘《うそ》、どうしてここに？」

「それは私の台詞だ。フランこそどうしてここにいるんだ？」

怒ったような顔で近づいてくるルードヴィクに気圧されて、私は一歩後ずさる。

「だ、だって、腕が治ったから薬師としての仕事は終わったし、それに、私はもう用済みだと思って」

「用済み？　誰がそんなことを言ったんだ？」

「え、えっと……そもそも私はルードヴィクに相応しくないから、あなたの邪魔になっちゃいけないと思って」

「あなたが私に相応しくない？　冗談だろう。それを言うなら、伝説のエリクサーを作れるフランと私では、どう考えても一介の平民である私のほうが相応しくないだろう」

鬼気迫る顔でぐいぐい距離を縮めてくるルードヴィクがなんだか怖い。私はさらに後ろに下がった。

「待ってルーク、平民ってどういうこと？　私はこれまでの功績が認められてあなたが叙爵されるって聞いてたのに……それにルードヴィクは元々伯爵家の人でしょう？」

「叙爵？　ああ、たしかにそんな話もあったな。もちろん断ったよ。それに、私が行方不明になってからすでに十年経っているんだ。私はとっくにオルブライト家の人間ではないよ」

「どうしてそんな……きゃっ、ルーク、なにするの⁉」

突然距離を詰めたルードヴィクは私を子供のように抱き上げると、スタスタと家に向かって歩きはじめた。

「なにをするって、ナニをするんだろうな。ハハハ、両腕が揃《そろ》ってると、こうやって拘束するのが簡単でいいな」

　鼻歌でも聞こえてきそうなくらいご機嫌なのに、話す内容はずいぶんと不穏だ。私はなんとか逃げようと必死で身体を捩《よじ》った。

「ま、待ってルードヴィク、落ち着いて話しましょう？　あのあとなにがあったのか、ちゃんと私にもわかるように教えて」

「教えてほしいのは私も同じだ。いったいどうやってあの場から立ち去ったのか、いつ私との奴隷契約を解呪したのか、聞きたいことはたくさんある。だが――」

　バンッ、と荒々しく寝室の扉を開けたルードヴィクは、ベッドに私を下ろすやいなや、のしかかるように上に跨《また》がった。

「まずはあなたに治してもらった腕がちゃんと動くかどうか、確認してもらおうか。薬師の使命なんだよな？」

「ん……ッ」

　性急な動きで唇を奪われて、貪るように口の中を弄られる。酸素を求めて唇をずらせば、それすら許さないとばかりにもっと口付けが深くなった。

「ま、待って、ルードヴィク、お願い、話を聞いて」

　私の言葉に顔を上げたルードヴィクは、不満げに顔を顰《しか》めた。

「もうルークとは呼んでくれないのか？」

「だ、だってあれは……」

「フラン？」

ルードヴィクと離れていたのは、ほんの一ヶ月とちょっとだ。なのに、愛おしげに見下ろす翡翠色《ジェイドグリーン》の瞳がすでに懐かしいと思ってしまう私は、どうやら自分が考えていた以上に寂しかったらしい。しかも甘えるように名前を囁《ささや》かれて、私が抗えるわけがないのだ。

「……………ルーク」

観念して名前を呼ぶと、ルードヴィクは蕩《とろ》けるような笑みを浮かべながら私の唇を啄《ついば》んだ。

「……フラン、私は自分の腕が治ったらやりたいことがあったんだ」

「やりたいこと？」

「ああ。真っ先にフランに触れたいと思っていたんだ。この手でフランの手を握り、感謝を捧《ささ》げようと、そう心に決めていたのに」

そこで言葉を区切ったルードヴィクは、悔しげに顔を歪《ゆが》めた。

「目覚めた時に真っ先に視界に飛び込んできたのは暑苦しい野郎の顔で、しかもあろうことか奴は私の右手を握りしめて泣いていたんだ。なあ、その時の私の気持ちがわかるか？」

「ええと……それはもしかしてリンネルさん？」

「久しぶりに殺意が湧いたよ」

ルードヴィクの手を握りしめながら男泣きするリンネルさんの姿を想像して吹き出すと、大きな手が頬を撫《な》で、顎を摑《つか》んで持ち上げた。そして、再び唇が重なる。

「ん……ふ、ぅ……」

口の中のいたるところを、熱く滑《ぬめ》った舌が這《は》う。少しでも反応する場所は丹念に舐《な》められて、それだけで全身が溶けてしまいそうに気持ちいい。

（どうしよう……優しく抱きしめられながらキスをされるのが、こんなに気持ちいいなんて知らなかった……）

私も腕を伸ばしてルードヴィクを抱きしめると、ぐっとキスが深くなる。互いの唾液が混ざって、口の端から零れていった。

「ん……ル……ク」

「両手だと、服を脱ぐのも脱がせるのも楽でいいな」

いつの間に釦《ボタン》を外したのか、キスをしながら私の服を脱がせたルードヴィクは、現れたレースの下着を見て驚いたように目を瞬かせた。

「これは……もしかして旅の途中で買っていた下着か？」

「そうだけど……そんなに見ないで。恥ずかしいわ」

透けるほど薄い布に赤い花が刺繍《ししゅう》されたシュミーズは、旅の途中、下着が心許なくなって慌てて購入したものだ。

あなたには絶対これが似合うと店員に勧められたのはいいけれど、結局恥ずかしくて旅の間は一度も着ることなくお蔵入りしていたものである。

「とても似合ってる。特にこの胸元の赤い花が……まるで私を誘惑しているようだな」

ルードヴィクの指が、検分するかのように刺繍の花をなぞっていく。乳房を包むように咲く花の花弁を一枚ずつ辿《たど》り、それから中心にある雌しべを――。

「ま、待って」

私はルードヴィクを見つめながら服を引っ張った。

「あの、あのね、ルーク、私もあなたに触れたいの。だからその……脱がしちゃ駄目？」

一瞬、苦悩するように顔を顰めたルードヴィクは、苦笑いしながら私の身体から手を離した。

「フランは私の忍耐を試すのが好きだな」

「そんなこと……わ、すごい……！」

会わない間にいったいなにがあったのか、脱がしたシャツの下にあったのは最後に見た時より厚みを増した身体だ。筋肉は硬く引き締まり、まるで芸術家の手によって作られた彫像のように整っている。けれど、その見事な肉体より目を引くのは、天に向かってそそり立つ男性の象徴で……。

下履きから現れたダラダラと先走りを垂らすそれを見て、私はゴクリと生唾を飲み込んだ。

（こんなに大きかったかしら）

私の視線の先を辿ったルードヴィクは、照れたように笑った。

「すまない。フランに触れられると思っただけで、こんなになってしまった」

ルードヴィクの右手がそっと、私の身体に触れる。その動きはまるで初めて雪に触る子供のように慎重だ。

「なんて柔らかいんだ……ずっとこうして両手でフランに触れてみたかった。まるで夢をみてるみたいだ」

ルードヴィクの大きな手が、形をなぞるように身体の上を滑っていく。顔から首、そして丹念にデコルテを辿った手は、時間をかけて胸へと辿り着く。

「あ……んっ」

大きな手が乳房を包んで、やわやわと揉《も》む。しばらくの間、感触を楽しむかのように私の胸を弄んでいた手は、やがて狙いを定めた獣のように頂へと向かった。

「ふふ、まだ触ってもいないのにこんなに尖《とが》らせて。期待してたのか？」

薄布を押し上げる両胸の先端に、ルードヴィクの指が触れる。その途端、ようやく与えられた刺激に、大袈裟《おおげさ》なくらい身体が跳ねたのがわかった。

「あ、あああんっ」

太い指が頂をつまみ、揉みしごく。身体を捩《よじ》っても決して離そうとしない容赦ない指の動きに、切ない疼《うず》きがお臍《へそ》の下から広がっていく。痺《しび》れるような快感はどこかもどかしくて、私は太腿《ふともも》を擦り合わせた。

「あ……ルーク、ルーク……ンッ」

「フラン、私の手で感じているんだな。なんて可愛らしいんだ」

二本の指で執拗《しつよう》に弄られた胸の先端が、ジンジンと熱を持つ。息も絶え絶えに喘《あえ》ぐ私を見るルードヴィクの瞳は、嗜虐《しぎゃく》的な色に染まる。

唾液で透けた布が張り付く胸の飾りが、ニヤリと弧を描くルードヴィクの唇で覆われた。

「あっ……やあっ！」

ぬるつく舌が絡みつくように頂を舐め、私が快感に震えると今度はもう片方の頂を舐《ねぶ》る。硬さを確かめるようにコリコリと捩られ続けたもう片方の胸は、きっと真っ赤に腫れ上がっているに違いない。

私はたまらなくなって、目の前に見えるアッシュグレーの髪を両手で乱した。

「ルーク、それだめ、だめなの……」

まだ触れられてもいないのに、下半身がズクズクと疼く。はしたないとわかっていても、ルードヴィクに直接触れてほしくてたまらない。

だから潤んだ瞳のまま懇願すると、顔を上げたルードヴィクは困ったように顔を顰めた。

「……どうしてあなたはそう私を試すんだ」

ふっとルードヴィクの顔が下に消え、生温かいものがお腹を這う。それを追うように大きな手が下生えを掻《か》き分け、隠れていた割れ目をなぞった。

「あ……あああっ」

指の腹でなぞるように襞《ひだ》を撫でられ、そのたびにクチュクチュといやらしい水音が響く。

十分潤んでいることがわかったのか、ルードヴィクは慎重に襞を割り開き、暴かれた敏

感な突起に舌を這わせた。

「あ、あああああんっ」

チロチロと動く舌が粒を舐めるたびに、身体を焼かれるような刺激が走る。強すぎる快感に腰が跳ねているのに、ルードヴィクは執拗に同じ場所を嬲《なぶ》る。

両胸の先端をくりくりと指で弄りながら、膨らんだ秘核をじゅるじゅると吸われ、頭の芯が焼き切れそうな快感に、私はただ喘ぐことしかできない。

「……ぁ……ああ……や、ああ……ルーク、だめ、もう、もう」

「ああ、どんどん蜜が溢《あふ》れてくるな。フラン、せっかく両腕が揃ったんだ。前よりもっと気持ちよくしてやるからな」

「あっ、あああああっ」

一際強い力で胸の頂が捩られ、同時に膨らみきった陰核が吸い上げられる。溜《た》まりきった快感が一気に弾け、視界が真っ白に染まった。

「ふふ、顔が真っ赤だ。もう達したのか？」

絶頂の余韻でビクビク震える下肢を、ルードヴィクがさらに大きく割り開く。秘裂から溢れた蜜が、お尻に伝って流れていくのがわかった。

「すごいな、もうドロドロだ。そんなに私のが欲しかったのか？」

私に見せつけるように、ルードヴィクが蜜を掬《すく》った指をゆっくり舐める。艶然と微笑む様子は壮絶な色気を纏い、それだけでお腹の奥がキュンと疼いてしまう。

「ルーク、そんないじわる言わないで」

「可愛いお強請りだが、もう少し我慢してもらおうか。まだまだ堪能したいんだ」

再び近づいた唇が、蜜を啜《すす》るように舐め取った。

「あ、ああああんっ」

それと同時に侵入した指が、なにかを探すように蜜道の中で蠢《うごめ》く。じわりと疼くような感覚に身体に力が入ると、ルードヴィクはそこばかり狙うように指を穿《うが》ちはじめた。

「ぁ……だめ……そこばっかりだめ……ぁあ……」

「すごいな……私の指をうまそうにしゃぶってる。ほら、聞こえるか？」

わざと音をたててグチュグチュと私の中を掻き回す指が、二本に増やされる。同時に陰核を強く吸い上げられて呆気《あっけ》なく絶頂を迎えた私は、零れる涙をそのままにルードヴィクを見つめた。

「ルーク……私、わたし……もう、もう指はいやなの」

「……クッ、フランはどうして……」

「あ、あああっ」

絶頂の余韻の残る蜜壺に、性急な動作で硬い雄が宛てがわれる。

「すまない。だが、私も我慢の限界だ」

次の瞬間、ルードヴィクは大きく開いた足の間にぐっと腰を押し付けた。

「――――っ‼」

灼熱《しゃくねつ》の塊が、みちみちと襞を掻き分けて侵入する。

凶悪なまでに硬く、太い雄に一気に奥まで貫かれた私は、はくはくと浅い息を吐いて痛みを逃した。

「フラン……頼む。力を抜いて、くれ」

ルードヴィクの苦しげな声に、いつの間にかぎゅっと閉じていた目を開く。そこにはなぜか泣きそうな顔をしたルードヴィクが私を見つめていた。

「会えない間、私がどれだけ辛かったかわかりますか？　こうしてフランと再び一つになれるなんて……夢を見ているようだ」

「ルーク……私も……夢みたいで……ン」

ゆっくり近づく顔に、再び目を閉じる。与えられた唇はひたすら甘くて、私は夢中になって舌を伸ばした。

「ん……ン……」

痛くて苦しい。だけどそれ以上に嬉《うれ》しい。

ルークと一つになれたことが幸せで、涙が溢れて止まらない。

溢れる感情をそのままに、私はずっと伝えたかった言葉を口にした。

「ルーク、好き……大好き。ずっと、ずっと前からあなたのことが好きだったの」

私の言葉にハッと顔を上げたルードヴィクは、次の瞬間くしゃりと表情を歪めた。

「フラン……私もだ。今だから言えるが、あの奴隷市で初めて見た時から、私はフランのことを一人の女性として意識していたんだ」

ルードヴィクの手が、私の頬を包むように触れた。

「フランは醜い奴隷だった私にも優しく、一緒に暮らすうちに思いは募る一方だった。だが、同時に自分は奴隷だからと諦めていたんだ。フランのように素晴らしい女性には、私よりもっと相応しい男がいるだろうと」

ルードヴィクの指が、頬に流れる涙を追いかけるように拭う。

「だがあの日、きっかけは媚薬《びやく》だったとはいえ、私たちは思いが通じ合えたと思っていたんだ。旅行中、フランもそう言ってくれただろう？　それは私の勘違いだったのか？」

「ごめんなさい。でも私は……あ、あっ」

「言い訳はいらない。フラン、謝罪するくらいなら私の欲をすべて受け入れてくれ」

「あっ、ちょうだい、ルークのぜんぶ、あああんっ」

緩やかに始まった抽挿に、私はたまらず声を上げる。結合部から溢れ出した蜜のグチュグチュという湿った水音が、部屋を満たした。

「あ……ぁ……ルーク……ルーク……」

「ああ……なんて熱いんだ……たまらない……」

お腹の奥から、じわじわと疼くような快感が広がっていく。腰を奥まで打ち付けられるたびに、甘い嬌声《きょうせい》が口から漏れてしまうのが止められない。しがみつく手にぎゅっと力を入れると、ルードヴィクは私の足首を摑んで大胆に開いた。

「あああっ、それ深い、深いよ」

「フラン……フラン……ッ！」

熱く滾《たぎ》った熱杭が、最奥の壁を容赦なく穿つ。叩きつけるように腰を振るルードヴィクの顔は苦しげに歪んでいるのに、私が嬌声を上げるたびにさらに激しく腰を打ち付ける。

「や、だめ、ルーク、またきちゃう、きちゃうの……っ」

間近に迫る絶頂の予感に、私は少しでも快感を逃がそうと身を捩る。するとルードヴィクは上から覆い被さるように強く私を抱きしめ、耳に口付けた。

「フラン、もう逃がさない。愛してる。だから私のすべてを受け入れてくれ」

「あっ、だめ、だめ、あああああああーーーーっ」

まるで耳から媚薬を流し込まれたような快感に、視界が真っ白に弾ける。ルードヴィクは激しく達してビクビク震える私を抱えて持ち上げると、今度は下から一気に貫いた。

「ルーク待って、いってる、いってるから……あぁっ」

膝の上で強く抱きしめられたまま下からガンガン突き上げられて、そのたびに軽い絶頂を繰り返す。

敏感になった身体は簡単に快感を拾って、まるで全身が性感帯になってしまったみたい。縋《すが》るようにルードヴィクの首に手を回して抱きつくと、さらに突き上げが激しくなった。

「ルーク……ルーク……」

太く逞《たくま》しい手が、二人の間に隙間ができるのを惜しむように強く私を抱きしめる。脳が焼き切れるんじゃないかというくらい強い快感の中、私は譫言《うわごと》のようにルードヴィクの名前を繰り返す。

「フラン……フラン……クッ」

「あああああっ」

やがてルードヴィクは腰を押し付けるようにして、私の最奥に向かって己の欲を解き放つ。互いの腕を絡めるようにして抱き合いながら、私は熱い飛沫が自分の胎を満たしていくのを感じていた。

優しく髪を梳《す》く指の感触に、ふっと意識が浮上する。

(気持ちいい……なんて温かいのかしら……)

もぞもぞと居心地のいい場所を探してぎゅっと身体を丸めると、どこかからクスリと笑う声が聞こえた。

「フラン?　起きたのか?」

「ん……るー……く?」

ルードヴィクの腕の中で、ゆっくり意識が覚醒する。すっかり日が暮れた部屋は暗く、ぼんやり開いた目にシーツに暗い影を落とすランプの明かりが映った。

「私……どれくらい寝てたのかしら」

「一刻半くらいかな。とても可愛い寝顔だったよ」

「……もう、恥ずかしい。もしかしてルークはずっと起きてたの？」

「ああ。目覚めた時にフランがいなかったらと思うと、不安で眠れなかった」

ルードヴィクは優しく微笑みながら、私の顔にかかる髪をそっと払った。

「……フラン、屍竜討伐の日のことを聞いてもいいか？　どうしてあの時、私から逃げたんだ？」

「あれは逃げたわけじゃ……ただその、いろいろと事情があって」

言葉を濁したまま口を噤《つぐ》むと、ルードヴィクは続きを促すように頬を撫でた。

「リンネルから事情は聞いている。あの男はずいぶん失礼なことを言ったようだな。だが、フランはそれに対して特に反論することなく、むしろ自ら身を引いたとも聞いている。それはどうしてだ？」

「それは……私ね、ずっと怖かったの」

「怖い？　なにがだ？」

なまじゲームの知識があったからだろうか。私は最初からルードヴィクは住む世界が違う人だと思っていた。

彼はゲームの登場人物であり、神子を救った英雄だ。だからいつかはセレンディアに帰るだろう。むしろ本来いるべき場所に帰してあげるべきなんだと、ずっとそう思っていた。

でもあの日、リンネルさんにルードヴィクはいずれ相応しい相手と婚約するだろうと言われて、私は自分がまだ見ぬ未来の婚約者に激しく嫉妬していることに気づいてしまったのだ。

「私ね、ルークは叙爵されるから、いずれは相応しい女性と結婚するだろうって聞いたの。そんな人が私なんかの奴隷だったなんて、汚点にしかならないでしょう？　だからあなたの邪魔になる前に……ううん、これ以上好きになる前に離れようって、そう思ったの」

話を終えて顔を上げると、ルードヴィクはなぜか片手で顔を覆ったまま上を向いていた。

「あの、どうかしたの？」

「待ってくれ。結婚ってなんのことだ？　そもそも、そんなくだらない嘘を誰があなたに吹き込んだんだ？」

「ええと、それは」

「ああ、言わなくていい。リンネルだな。まったくあの男はどうしてくれよう。もっと絞り上げておくんだったな」

「でも、リンネルさんはルークが大事だから私に教えてくれたんであって、悪気はなかったと思うの。だから彼のことを責めないであげて」

「やめてくれ。フランの口からほかの男を庇《かば》う言葉は聞きたくない」

ルードヴィクは忌々しげに舌打ちすると、身体を起こして私の顔を覗《のぞ》き込んだ。

「いいか、フラン。私に婚約者はいないし、今までいたこともない」

「え？　どうして？」

（嘘でしょう？　ルークみたいに素敵な人に婚約者がいなかったなんて、セレンディアの女性たちはよほど見る目がなかったのかしら。でも、そんなことってある？）

「その顔は信じていないようだが、どうしてと言われても、いないものはいないとしか言いようがない。それから、さっきも言ったとおり叙爵の話は断った」

「ええっ⁉」

（嘘でしょう⁉　どうしてそんな、もったいない‼）

「私にはすでに心に誓った人がいるんだ。二人の主人に仕えることはできない」

「でも、せっかく功績が認められたのに、もったいない……」

そこまで言いかけた私は、恐ろしい事実に気がついてポカンと口を開けた。

（待って。ルークの誓った相手って、もしかして私のこと……⁉）

そんな私の顔を見たルードヴィクが、苦笑した。

「どうやらわかってもらえたようだな。まったく、死に物狂いで忌々しい屍竜を討伐したというのに、目覚めた時にフランはいないし、しかも気がついた時には奴隷紋すらも消えていたんだ。その時の私の気持ちがわかるか？」

「それは……たしかになにも言わずに帰ったのはよくなかったわよね。ごめんなさい」

しゅんと項垂れると、ルードヴィクは優しく私の頭を撫でた。

「それで、奴隷紋はいったいどうしたんだ？　あれは契約者である私がいなければ、解呪できないはずだろう？」

「ああ、あれはね……」

私はトラキアに戻った日、奴隷商館を訪れた時のことを思い出した。

『これはこれはお客様、お久しぶりでございますね。今日はなんのご用でしょう。ルードヴィクになにか問題でも？』

トラキアに戻った日、私はその足でルードヴィクを購入した奴隷商を訪れた。目的はもちろん、ルードヴィクの奴隷契約の解呪である。

奴隷商は旅装姿の私を見て、警戒するように目を細めた。

『今日はそのルードヴィクのことでお願いがあってきたんです。彼の奴隷紋を消していただきたいの』

『それはもちろん可能でございますが』

案内された応接間で挨拶もそこそこに本題を切り出した私に、奴隷商は困ったようにキョロキョロと辺りを見回した。

『ご存知ではないのかもしれませんが、奴隷契約の解呪には奴隷本人を連れてくる必要があるのです。ルードヴィクはどちらに？』

『あら、聞こえなかったのかしら。私は奴隷紋を消してと言ったのよ？』

私はにっこり笑いながら、金貨の詰まった袋を取り出す。

蛇の道は蛇とはよく言ったもので、奴隷契約の解呪にはさまざまな抜け道がある。

　これは以前、不等に騙《だま》され奴隷にされた婆様の知人を助けた時に学んだ知識だが――物《金》理《貨》はすべてを解決するのである。

「……はあ？　つまり、あの褒賞金をすべて使ったのか？　奴隷契約の解呪のためだけに？」

「ええそうよ。もらった金貨の使い道としては最適だったと思うけど……あの、駄目だったかしら」

　首を傾げる私を前に、ルードヴィクは頭を抱えた。

「いやフランが納得しているならいいんだが、でもあの金貨を全部使うのはさすがに……そもそもあの男は相変わらず金に汚いというか守銭奴というか、私が商館にいた時もいろいろと煮え湯を……」

　よほどショックだったのか、ルードヴィクは頭を抱えたままブツブツとなにかを呟《つぶや》いている。そんな彼の姿を見ながら、私はふと奴隷商の言葉を思い出した。

『――ああ、ようやく彼は国に帰れるのですね』

『え？』

　諸々の手続きがすべて終わったあと、奴隷商はどこか遠い目をしながらぽつりとそんなことを呟いた。

『いえ、瀕死の彼を拾ったのは私です。いくらボロボロだったとはいえ、着ていた衣服や怪我の状況で彼が、間違いなくルードヴィク・オルブライト本人だということはわかっておりました。ですがあの当時は状況が芳しくなく、私にできることといえばせいぜい……』

奴隷商は曖昧に言葉を濁したまま首を振る。

『とにかく本当にようございました。長年抱えていた心のつかえが下りて、心の底から安堵しました。お客様、このたびは本当にお買い上げありがとうございました』

そう言って奴隷商はすっきりした様子で笑った。

もしかしたらだけど、当時ルードヴィクをセレンディアに帰国させないようにする、なんらかの妨害があったのかもしれない。そして、奴隷商は彼なりにルードヴィクを助けていたのかもしれない。

すべては仮定の話だし、今となってはもう知りようもないのだけど——。

「……悪い」

ルードヴィクは小さく咳払いした。

「私としては非常に不本意だが、フランらしいと言えばらしいかもしれない。だが、次になにかをする時は、必ず私に相談してからにしてくれ」

「ふふ、わかったわ。ところでルーク、右手を見せてほしいんだけど、いいかしら」

「ああ、もちろんだ」

私は身体を起こし、差し出された右手をじっと見つめた。

初めて会った時はひどい火傷の痕に覆われていた腕は、今やわずかな痕跡も見つけることはできない。そして失われていた右手は――。

「ちゃんと、動いてるのね」

私はルードヴィクの右腕にそっと触れた。

「ああ。このとおりだ」

「痛かったり、違和感があったりはしない？」

「なにも問題ないな。とても調子がいいよ」

「そう……ずっと気になってたの。本当によかった」

あの日、私はルードヴィクにエリクサーを飲ませたものの、右腕が元通りに動くかどうかまでは確認することができなかった。だから、それがずっと心残りだったのだ。

（初めて作ったエリクサーだけど、ちゃんと効いて本当によかったわ）

「わ、もうこんなに太くて硬くなってるんだ。すごい……」

生えてから……と言うと語弊があるかもしれないけど、まだ一ヶ月くらいしか経ってないのにすでにしっかり筋肉がついているのは、きっとルードヴィクが努力した成果だろう。

なんだか愛おしくなってすりすり右腕を撫でていると、ルードヴィクの眉間にぐっと深い皺が寄った。

「なんだろう。自分の右腕なのに、どういうわけかすごく理不尽な気がする」

「理不尽って、なにが？」

「私は目覚めてから寝る間も惜しんで動き、オルトワに来るにあたっては途中何度も馬を替え、文字通りフランの元に駆けてきたんだ。そんな私のことも、右腕と同じに労ってくれてもいいんじゃないか？」

「それはもちろんいいけど……労うって具体的にはどうすればいいのかしら。ルークの好物でも作る？　あ、それともお風呂でも沸かす？」

「どれも魅力的な提案だが、私の希望を聞いてもらえるなら――」

首を傾げる私を見つめるルードヴィクの唇が、緩やかに弧を描く。次の瞬間くるりと視界が回り、私は再びシーツの中に沈められた。

「ベッドの中で労ってくれ」

エピローグ　私だけの騎士

――ピーチチチ、ピーチチチ、チチッ、チッチッチッ……。

小鳥の囀《さえず》りに誘われ見上げた梢《こずえ》の先には、膨らんだ芽がちょこんと顔を出す。頬を撫《な》でる風はかすかに花の香を含み、暖かな日射しに私は目を細めた。

「フラン、こっちだ。足元に気をつけて」

「ルーク待って、どこまで行くの？」

「それは着くまでのお楽しみだ。ほら、手を繫《つな》ごう」

こちらに向かって右手を差し伸べるルードヴィクの顔には、まるでなにかを企んでいるような楽しげな笑みが浮かんでいる。

春を迎えたある日、私はルークに誘われ森へとやってきていた。

「こうやってフランとゆっくり歩くのも久しぶりだな」

「本当ね。最近はいろいろと忙しかったから……」

『おおフラン、待ちわびとったぞ！』

旅行から帰ってしばらく経ったある日、いつものようによろず屋に顔を出した私たちが見たものは、狭い店の外にまで溢《あふ》れた客の姿だった。

なんでも冬の初めに感冒が大流行したせいで、トラキア中の店からありとあらゆる種類の薬が消えたらしい。そしてそれはよろず屋も例外ではなく……。

『いやあ、おかげでうちの在庫も飛ぶように捌けてな。しかもフランの薬は性能がいいとたいそう評判になってなあ。まったく困ったことじゃわい』

困ったと言いつつどこか得意げに話すヤヌートさんの顔には、それはもうあくどい笑みが浮かんでいる。

実はよろず屋に定期的に薬を卸していたものの、私が作った薬ということで評判は芳しくなく、売れ残ることも多かったのだ。それが今回の騒ぎで、私の作った薬と他では効果の差が顕著だと口コミが広がったことにより、瞬く間に薬だけでなくポーションも売り切れたのだそうだ。

『よその街からも薬を買いに来る客が増えてな。お前さんがいつ帰ってくるんだと、毎日そりゃあうるさくてなあ。仕方ないからフランは上級薬師としてセレンディアで活躍しとると、ちゃあんと言っておいてやったからな』

『ちょっとヤヌートさん！　活躍なんて、どうしてそんな嘘《うそ》を』

『嘘ではないだろう。フランは薬師協会から派遣され、正式に屍竜《しかばねりゅう》討伐に参加したんだ。その功績は公式の記録にも残っている。ヤヌートさんの言うことはなにも間違ってはいない』

『ルーク！　それは内緒だって言ったのに！』

『……フム、どうやらフランがユグナと同じ特級薬師になる日も遠くなさそうじゃな』

チラリとルードヴィクの右腕に視線を走らせたヤヌートさんは、満足そうに大きく頷《うなず》いた。

薬が売れるようになったきっかけが流行り病なのは喜べないけど、薬師としての腕を認められたことは素直に嬉《うれ》しい。

その後、流行り病は落ち着いたものの薬不足は解消されず、冬の間中、私は薬とポーションを延々と作り続けることになった。

そして――街へ行っても以前より視線が気にならなくなったのは、きっと私の気のせいではないだろう。

「ああ、この先だ。フラン、目を瞑《つぶ》ってごらん」

「え？　なに？」

「大丈夫。ちゃんと手を繋いでいるから心配いらないよ」

言われるままに目を瞑ると、ルードヴィクは私の手を引いてゆっくり歩き出す。しばらく歩いたところで、ルードヴィクは唐突に立ち止まった。

「フラン、目を開けてごらん」

「……わ、すごい……」

目の前にあるのは見上げるほどの大木だった。黒々とした幹は私が手を回しても届かないほど太く、空に向かって伸びた梢には薄淡いピンク色の花が重なるように咲いている。透き通るほど薄い花弁は五枚だ。

(これは……もしかして桜……？)

今が見頃なのか、見上げた視界を埋め尽くす花は、まるで寵《ちょう》を競うかのように咲き乱れる。かつての世界を彷彿《ほうふつ》させる光景に、私は思わず言葉を失った。

「この光景をどうしてもフランに見せたかったんだ。綺麗《きれい》だろう？」

大木を前に立ち尽くす私を見てなにを思ったのだろう。そっと肩を抱く手に促されるように、私はルードヴィクの肩に頭を預けた。

「……すごく綺麗だわ。連れて来てくれて本当にありがとう」

いったいどうやってルードヴィクはこの木を見つけたのだろう。この世界では決して見ることは叶《かな》わないと思っていた光景に、涙腺が緩むのがわかる。

「フラン、いや、フランバニエ様にお願いがあるんだ」

「え？　なあに？」

唐突に表情を改めたルードヴィクは私に向き直ると姿勢を正し、その場で跪《ひざまず》いた。

「奴隷だった私を救い、そしてこの腕を取り戻してくださったフランバニエ様には感謝してもしきれません。私は終生の忠誠を捧《ささ》げ、あなただけの騎士となり生涯を共にすることを望みます」

（え……？　これってまさか騎士の誓い……？）

騎士の誓い。アンストでは攻略対象の好感度がマックスになると発生するイベントであり、進行上とても重要なイベントだった。

「え、あ、あの、終生の忠誠なんて私なんかには恐れ多いっていうか、もったいないと思うんだけど」

私は一介の薬師にすぎない。それに、本来ルードヴィクが忠誠を捧げる相手は、神子様ではないだろうか。

驚きのあまりどもりながら断ろうとする私を、ルードヴィクは首を振ってやんわり制した。

「フランバニエ様は、いまだにご自身の価値をわかっていらっしゃらないようだ。奴隷だった私に衣食住を与え、不遜な態度を咎《とが》めることなく受け入れてくださった寛容さも、治療は不可能だと言われていた屍竜による怪我を治した薬師としての技量も、そして伝説と言われていたエリクサーを新たに作った功績も、どれをとっても余人には真似のできないことです。客観的に見れば、むしろ私のほうがあなたに釣り合わないでしょう」

「そんな、私は……」

「そして、そのおかげでいかに私が救われたか、そして私がどれだけフランバニエ様に心惹《ひ》かれているか、あなたはちっともわかってくださらない」

ルードヴィクは恭しく私の手を取ると、そっと自分の唇を押し付ける。

私を見上げる熱の籠もった眼差しに、じわじわと指先に熱が溜《た》まっていくのがわかった。

「私は聖騎士でもオルブライトの人間でもない、ただの男です。ですがこの命が尽きるまで我が剣と忠誠をあなたに捧げることをお許しください。——愛しています、フランバニエ様」

まだ冷たい風がアッシュグレーの髪を悪戯に乱す中、翡翠色《ジェイドグリーン》の瞳は真摯に私を見つめている。その姿に、今までの出来事が走馬灯のように浮かび上がる。

初めてルードヴィクを見たのは、前世、偶然指が当たって開いてしまったアプリの広告だった。ゲームをやりこむうちにどんどん好きになって、スマホに保存した登場シーンは、最後まで私の大切なお守りだった。

だから奴隷市でルードヴィクを見つけた時、私は目の前の光景が信じられなかった。

あの日、あの時、ルードヴィクと目が合わなかったら、私たちは今どうしていただろう。ルードヴィクはあの奴隷商館で、私はこの森で一人で、別々の人生を歩んでいたんだろうか。

一緒に暮らすようになってからしばらくは、まるで人には慣れない野生動物のように常に私を監視するような目で見つめていた。

それが変わったのは、いったいいつからだろう。

私がなにをするにも心配そうにして、隙あらば仕事を取り上げようとするほど過保護に

なったのは、あの媚薬《びやく》の一件よりずっと前だったように思う。

夫婦といつわって過ごした日々は、夢のように幸せだった。この慈愛に満ちた優しい瞳をずっと見ていたいと、独り占めしたいと、どれだけ願ったかわからない。

そして再会した今、私の目の前にいるのは、セレンディアの聖騎士でも神子を救った英雄でもなく、不安に揺れる瞳で一人の女性に愛を乞うごく普通の男性で――。

「ルーク……」

鼻の奥がツンとして、じわりと滲《にじ》んだ涙が溢《あふ》れ出す。なにも言えないままコクコク頷く私を、立ち上がったルードヴィクがそっと抱きしめた。

「頼むからそんな泣かないでくれ。フランに泣かれるとどうしたらいいのかわからなくなるのは、よく知っているだろう？」

「そんなこと言われても無理よ。だって……すごく嬉しいんだもの」

私は流れる涙をそのままに、逞《たくま》しい腕の中からルードヴィクを見上げた。

「ルーク、私は薬を作ること以外はこれといった特技もないし、こんな容姿だから一緒にいると不快な目に遭うこともあるかもしれない。それでも、こんな私でもいいのなら……私もずっとあなたの隣にいたい」

「フラン……」

「ルーク……愛してるわ」

私を優しく見つめる翡翠色の瞳が近づき、やがて見えなくなる。

その刹那、一陣の風が吹き抜け満開の花を一斉に揺らす。

白い花びらがまるでライスシャワーのように降り注ぐ中、私たちはいつまでも口付けを交わしていた。

特別番外編　甘いお仕置き

「もしかしてだが、フランはその……激しいのは苦手なんだろうか」

「……え？」

「行為の最中によく嫌だと言うだろう？　拒絶されているのかと思っていたんだが」

事後の甘い余韻に浸りながらうとうと睡んでいるところに爆弾を投下された私は、思わずパチパチと目を瞬かせた。

ことの発端は、ベッドの中でのささいな会話がきっかけだった。

ルードヴィク曰《いわ》く、私は行為の最中に「嫌」とか「駄目」とか、否定する言葉を口にするらしい。

特に「怖い」と言われた時は、痛い思いをさせているのではと気になっていたそうだ。

「本当に私、そんなことを言ってるの？」

「ああ」

「本当の本当に……？」

「ああ、本当だ」

　自分ではそんなことを言っているつもりはこれっぽっちもなかったし、そもそも「推し」にされることを私が嫌がるなんて、天と地がひっくり返ってもありえない。

　だから腕枕されたまま首を傾げていると、ルードヴィクは苦笑いした。

「どうやら無意識だったようだな。それならいいんだが、嫌な思いをさせているのではとずっと気になっていたんだ」

「ごめんなさい。自分ではまったく気づいてなかったわ。口癖みたいなもので深い意味はないっていうか、その、苦手とか拒絶とか、そんなつもりはまったくないの」

「それならいいんだが、本当に無理はしてないんだな？」

「無理なんてそんなこと絶対にないから！　むしろ気持ちよすぎて怖い……あっ！」

　私が慌てて両手で口を塞ぐと、ルードヴィクがおかしそうに笑った。

「本当に無意識で言ってるんだな。まあわかってよかったよ」

「ご、ごめんなさい。これからは言わないように気をつけるわね」

「じゃあ、こうしてみようか。次にフランがその言葉を口にしたら、お仕置きするんだ」

「お仕置き？」

　不穏な言葉に驚くと、ルードヴィクは含みのある笑みを浮かべた。

「まずはフラン自身がどれだけその言葉を口にしてるか、気がつく必要があるだろう？　自覚を促すにはいい方法だと思うんだ」

「そうかもしれないけど……お仕置きっていったいなにをするつもりなの？」

「それはその時までの秘密だ。なに、否定するような言葉を口にしなければいいだけだ。簡単だろう？」

翡翠色《ジェイドグリーン》の瞳の奥になんだか不穏なものを感じつつ、断れない圧を感じた私はコクコクと頷《うなず》く。

この時気軽に了承してしまったことを心の底から後悔するのは、それから数日後のことだった。

✽　✽　✽

「あっ……ルーク、それだめ……っ」

「フラン、また駄目って言ってるぞ。これでもう何度目だ？」

「だって、だって……ああんっ」

浅く挿入された雄槍に蜜口の入り口をグチュグチュと掻《か》き回されて、もどかしい快感に身体を捩《よじ》る。

大きく足を開いたはしたない格好のまま、逞《たくま》しい手で肩を押さえられベッドに縫い付けられた私は、いったいどれくらいこうして甘く焦らされているのだろう。

ルードヴィクの言っていたお仕置きは、私が「嫌」と言ったら、「嫌」と言われた動作を止める、という単純なものだった。

最初それを聞いた時、私はそれでは「お仕置き」にならないのではと心配した。

だって、自分では否定するような言葉を口にしてるつもりはなかったし、これからするつもりも微塵《みじん》もなかったから。

だからその夜、ベッドに誘われた私はなんの疑問も持たずに応じたのだ。――それが甘く辛い夜の始まりになるとも知らずに。


優しいキスから始まって互いに服を脱がし合うところまでは、いつもと同じだった。

あれ？　と思ったのは、胸への愛撫《あいぶ》がいつもより執拗《しつよう》だったから。

普段よりたっぷり時間をかけて舐《な》められ、ちゅうちゅうと吸い上げるようにしゃぶられた胸の先端は、軽い刺激だったにもかかわらず、すでにジンジンと熱を持つほど敏感になっている。

真っ赤に腫れ硬く尖《とが》った先端をこれ以上刺激されたら、私はどうにかなってしまうのではないだろうか。

そんな期待と不安が入り交じった私の視線を、ルードヴィクはどう思ったのだろう。

ニヤリと口角が持ち上がり、大きな手が私の胸をゆっくり覆う。焦らすように時間をかけて両方の頂天に指がかかったその瞬間、私はつい口にしてしまったのだ。「いや、待って」と。

「あ、あの、どうかしたの……？」

「どうしたって、なにが？」

　ピタリと手を止めたルードヴィクはまるで悪戯っ子のような笑みを満面に浮かべながら、それは不思議そうに首を傾げた。

「なにってその……急に動かなくなったから、どうしたのかと思って」

「おかしいな、フランが言ったんじゃないか。『嫌、待って』って。だから俺は言われた通りにしているだけだ」

「…………え？」

　この時になってようやく「お仕置き」のことを思い出した私が、たっぷり三十秒は間をあけて間抜けな声を出してしまったのは、仕方ないのではないだろうか。

　とにかく、それからは私が少しでも「イヤ」とか「ダメ」と口にしようものなら、ルードヴィクは容赦なく動きを止めた。

　それはもう壮絶な色気をたっぷり含んだ満面の笑みとともに。

「フラン、こういう時はなんて言うかさっき教えただろう？　さあ、恥ずかしがらずに言ってごらん」

「だって、そんなの恥ずかしいから……ンッ、もうこれいやなの、いじわるしないで、お願い」

「ほらまた嫌と言った」

「あ、ああああああっ」

不意打ちみたいに奥深くまで熱杭が穿《うが》たれて、一気に快感の波が押し寄せる。

今か今かと待ち望んでいた刺激は強すぎて、全身にギュッと力が入ってしまう。

なのにルードヴィクは再び腰を引くと、そこでピタリと動きを止めてしまった。

「ほら、どうしてほしい？　正直に言うんだ」

「ルーク、お願い……そこ……そこ」

「そこってここか？」

「あああっ」

再びズプリと深く挿入された雄が、一番深いところに当たって動きを止める。それからルードヴィクは、隙間なく合わさっている結合部をさらに密接させるかのように、ゆっくり腰を揺らしはじめた。

「ここをどうしてほしい？」

「あ……もっと、もっとそこ、ぐりぐりして」

「ぐりぐりって？　こうしてほしいの？　それともこうか？」

「ああ……っ、それすき……っ」

その手によって硬く尖らされた胸の頂を弄りながら、ルードヴィクは肉槍をぐりぐりと奥の壁に押しつける。

横に揺らされ、かと思うとぐりぐりと押され、容赦なく刺激された奥の壁がさらなる快感を求めて、ひくひくと収縮を繰り返す。

あともう少しでいけるはずなのに、もどかしいくらい緩慢な動きは再び私を苛《さいな》める。

「お願いよ、ルーク……」

「うん？　どうしてほしいんだ？」

切ない疼《うず》きに耐えきれなくなった私は、涙を流して白旗をあげた。

「そこ、そこ……もっと突いて、ルークのでいっぱい突いて、めちゃくちゃにして……っ」

「――仰せのままに」

了承の言葉と同時にズチュンと一気に穿たれた肉槍は、限界まで高まった快感をあっという間に押し上げた。

「ああああああああーーーーっ」

普段より硬くて太い肉棒が私の中を出入りするたびにチカチカと視界が明滅して、深い絶頂に全身がピンと張り詰める。待ち焦がれた快感はあまりにも暴力的で、怖いくらい。

無意識で逃げようとしていたのか、ぐっと腰が掴《つか》まれたかと思うと、より抽挿が速く、激しくなった。

「あーーーーっ、あーーーーーっ」

「フラン……すごいドロドロだ……」

あまりに気持ちよすぎて快楽に染まった頭では、難しいことは考えられない。

だけど、ルードヴィクに教えられたことだけはちゃんとわかる。覚えてる。忠実に守らないといけないって、それだけはわかる。

だから、私は必死になってルードヴィクに教えてもらった言葉を繰り返す。

「ルーク、それすき、そこきもちいいの、もっとして、もっと……あああっ」

「グッ……フラン……だめだこれ以上我慢出来ない……っ！」

「ああああああああーーーーっ」

一際激しくガッガッと打ち付けられた熱の塊が膨らんだかと思うと、一番深いところに刺すように押しつけられる。次の瞬間放たれた飛沫《ひまつ》が、私の中を満たしていくのがわかった。

＊　＊　＊

「――すまなかった」

直角に頭を下げるルードヴィクから、私はベッドに横たわったままプイと顔を背ける。

あのあと、私は気を失うように眠っていたらしい。翌日の昼過ぎになってようやく目覚めた私の視界に映ったのは、へにょりと眉を下げた、とても情けない顔をしたルードヴィクの姿だった。

「あーその、身体の調子はどうだ？」

「……足も腰も、あちこちがすごく痛いんだけど」

「す、すまん。フランの反応があまりに可愛くて、つい苛めすぎたんだ。だが、わざとじゃない。それはわかってくれないか」

「すごく、すごく恥ずかしかったんだから。……あんな意地悪なルークは、嫌い」

「本当に悪かった。心の底から反省してる。なあ、ちゃんと顔を見て謝りたいんだ。こっちを向いてくれないか」

「いや」

「フ、フラン」

　顔を背けたまま頭の上まで上掛けを引き上げると、布の向こうで困ったような気配がするのがわかる。そんな気まずい空気を無視して、私はさらに深く上掛けに潜った。

（すぐに嫌って言っちゃう私も悪いとは思うけど、あんなふうに言葉にするのは恥ずかしすぎるんだもの。しょうがないじゃない。ハードルが高すぎるっていうか、私には無理よ。……まあ、いつもよりほんのちょっぴり気持ちよかったのは認めるけど。……でも、本当にみんな自分からあんなふうにおねだりしてるの？　それが当たり前なの？）

　私はこの世界の「普通」がわからない。

　前世の記憶や、薬師としてお客さんから色々な相談を受けた経験があるおかげで、性に関する知識が人より豊富な自負はある。けれど、それはあくまで机上の空論だ。実地経験はもちろん、この外見のせいで友達がいなかった私には、会話から得られるごく当たり前の知識や情報が、圧倒的に足りないのだ。

行為の時は、自分の感情や気持ちを素直にさらけだすのが普通なの？

それともあれはあくまでルードヴィクの個人的な嗜好で、逆に本当はもっと慎み深くあるべきだったりしない……？

「……ルーク、私、わからないの」

ルードヴィクと暮らしていると、不安になる時がある。

生まれ育った国や環境が違うせいもあるだろう。しかも私はこんな森の中で、婆様と二人きりで育ったのだ。それがいかに世俗とかけ離れた環境だったかは、指摘されなくてもわかる。前世を思い出してからは、そちらの常識との差異に悩んだこともあった。

だからこんなふうに時折顔を出すルードヴィクとの常識の違いが、自分がなにかとんでもない失敗をしているんじゃないかと不安にさせるのだ。

「わからないって、なにが？」

問いかける声とともにギシリとベッドがたわみ、上からあたたかい重みがのしかかった。

「私はこんな外見だし、婆様に育てられたでしょう？　今まで同世代の友達ができたことがないから、だからその……ベッドの常識っていうか、恋人がどうしているのか、世間一般的な普通がなにかわからないの」

「フラン」

「ねえ、ベッドではああいうふうに、その、もっと触ってとか、気持ちいいとか、そういうことを口に出してお願いするのが普通なの？　もしそうなんだとしたら、私……」

「悪かった……ッ！」

　上掛けごと強い力で抱きしめられて、思わず息が詰まる。そんな私の様子に気づくことなく、ルードヴィクはさらに強い力で私を抱きしめた。

「本当にすまない。フランをそこまで悩ませるとは思っていなかったんだ」

「ル、ルーク？」

「あれはあくまで俺の好みにすぎない。だから気にしなくていい。そもそも閨の作法に正解などない。それぞれ違って当然なんだ。だから、フランが普通だとか正解だとか、そんなことを気にする必要はまったくない」

「そう、なの……？　じゃあ、あんな恥ずかしいこと、もう言わなくてもいい……？」

　私が上掛けから顔を出して尋ねると、ルードヴィクは真剣な表情で大きく頷いた。

「もちろんだ。フランの負担になるようなら、もう二度としなくていい」

「本当の本当に？」

「ああ。当然だ」

「じゃあ、しばらくゆっくり寝たいから、寝室は別々にしたいっていうのは……？」

「えっ？」

　ショックを受けたように目を見開くルードヴィクに、私はにっこり微笑んだ。

「負担になるようなことは、なにもしなくていいんでしょう？」

「うっ……すごく残念だが、フランがそう望むなら仕方ない」

眉間に深い皺を寄せ苦悩の表情を浮かべながら、それでも渋々といったように頷く様子に思わず吹き出してしまう。

「でも……意地悪なルークもかっこよかったから、時々ならしてもいいかも……？」

聞こえないように本当に小さな声で呟いた一人言が聞こえたかどうか。

それは誰にも教えられない、私だけの秘密だ。

あとがき

こんにちは、このはなさくやです。この度は『薬師に転生したのは、前世の「推し」を助けるためでした』をお手に取っていただき、本当にありがとうございます。

ご存知のかたもいらっしゃるかもしれませんが、こちらの作品は昨年ルキア様より電子書籍として配信されたものです。

とてもありがたいことに紙書籍として世に出していただくことになり、改稿にあたり、書店サイトに寄せられたすべてのレビューをじっくり拝読させていただきました。

主役の二人への心あたたまる応援、真摯なご意見……どれも嬉しく読ませていただく中、びっくりしたのが、主役の二人を差し置いて圧倒的に注目されたキャラクターがいたことでした。そう、まさかの伏兵、リンネルです。それと同時に多かったのが、フランバニエが去ったあとになにがあったのかを知りたいという感想でした。

リンネルしかり、その後のセレンディアの様子しかり、プロットの時点で構想はあったものの、物語の主軸ではないために敢えて書かずに削除した箇所です。一つの章の中の枝葉にすぎず、通り過ぎた瞬間に忘れられていく背景のようなものだと考えていました。そんな物語の細部まで目を留め、かつ貴重な時間を使ってレビューを書いてくださり、しかもっと詳しく知りたいというお言葉をいただけることは、作者にとってはこの上ない幸せです。この作品を書いてよかったと心の底から実感した瞬間でした。

そんなわけで気合いを入れて加筆した「幕間二」では、フランバニエ不在のセレンディアの様子が描かれています。かりんやリンネルにもそれぞれ語られない過去があり、譲れないものがあったのです。そんな中、集中砲火で批判を浴びたリンネルは自分の行動を深く反省し、それからは坊主頭が彼のトレードマークになるのですが……それはここではあまり関係のない話かもしれませんね。

本著を素晴らしいイラストで彩ってくださったのは逆月酒乱先生です。隻腕という設定上、ルードヴィクをイラストにする際には色々と苦労されたのではないでしょうか。特に××のシーンや〇〇のシーンはさぞ難しかったのではないかと推察いたします……！　ルキア版の表紙も素敵なイラストで飾っていただきましたが、本作もうっとりするほど魅力的なイラストで彩ってくださり、逆月先生にはいくら感謝してもしきれません。本当にありがとうございました。

最後に、本書を出版するにあたりご尽力くださった担当の中山様、ならびに編集部の皆様、そして数ある本の中から本作を選び読んでくださったすべての皆様に、深い感謝の意を捧げます。また別の作品でお目にかかるのを心より楽しみにしています。

このはなさくや

恋愛遺伝子欠乏症
特効薬は御曹司!?

漫画：流花
原作：ひらび久美（蜜夢文庫 刊）

「俺があんたの恋人になってやるよ」地味で真面目な OL 亜莉沙は大阪から転勤してきた企画営業部長・航に押し切られ、彼の恋人のフリをすることに……。

社内恋愛禁止
あなたと秘密のランジェリー

漫画：西野ろん
原作：深雪まゆ（蜜夢文庫 刊）

第 10 回らぶドロップス恋愛小説コンテスト最優秀賞受賞作をコミック化！S 系若社長×下着好き地味 OL ――言えない恋は甘く過激に燃え上がる！

詳細は蜜夢／ムーンドロップス X　@Mitsuyume_Bunko

本書は、電子書籍レーベル「ルキア」より発売された電子書籍『薬師に転生したのは、前世の「推し」を助けるためでした』を元に加筆・修正したものです。

★著者・イラストレーターへのファンレターやプレゼントにつきまして★
著者・イラストレーターへのファンレターやプレゼントは、下記の住所にお送りください。いただいたお手紙やプレゼントは、できるだけ早く著作者にお送りしておりますが、状況によって時間が掛かる場合があります。生ものや賞味期限の短い食べ物をご送付いただきますとお届けできない場合がございますので、何卒ご理解ください。

送り先
〒160-0022　東京都新宿区新宿1-36-2
(株) パブリッシンググリンク
ムーンドロップス 編集部
○○（著者・イラストレーターのお名前）様

薬師に転生したのは、前世の「推し」を助けるためでした
英雄だった聖騎士が私の奴隷になるなんて

２０２４年６月１７日　初版第一刷発行

著……このはなさくや
画……逆月酒乱
編集……株式会社パブリッシンググリンク
ブックデザイン……しおざわりな
（ムシカゴグラフィクス）
本文ＤＴＰ……ＩＤＲ

発行……株式会社竹書房
〒102-0075　東京都千代田区三番町８－１
三番町東急ビル６Ｆ
email：info@takeshobo.co.jp
https://www.takeshobo.co.jp
印刷・製本……中央精版印刷株式会社